Oceano Atlantico
Isola
S. Domenico
Leogane
S. Domingo
Porto Ricco
Porto Ricco
Barbuda
Autigoa
S. Cristoforo
La Guadelupa
La Dominica
La Martinica
S. Lucia
S. Vincenzo
La Barbada
Curacao
La Grenada
Tobago
La Margherita
La Trinità
Caracas

L'ULTIMO PIRATA

Matteo Mazzuca

L'ULTIMO PIRATA

I

La Clessidra del Potere

MONDADORI

www.ragazzi.mondadori.it

Mappa: © iStockphoto.com/Stephen Sweet (elaborazione)

Prima edizione settembre 2008
Stampato presso Mondadori Printing S.p.A.
Stabilimento N.S.M., Cles (TN)
Printed in Italy
ISBN 978-88-04-58283-0

Presagi

Quella sera c'era qualcosa di strano nell'aria alla taverna Il Guercio.

Non si trattava dell'alito pestilenziale di Rummy Drinker, che aveva di nuovo chiesto a Cromwell una razione doppia di rum, e nemmeno dell'odore di tabacco che impregnava i cuscini laceri delle sedie e degli sgabelli.

Il Guercio era uno di quei posti amati dal genere di marmaglia che, non di rado, finiva con la testa appesa a un cappio e i piedi dentro una botola. Lì, certi ceffi potevano trovare tutto quello di cui avevano bisogno: donne, alcol, dadi e qualche rissa corroborante.

Tra i barili di whisky si aggiravano grossi ratti in cerca di cibo, che spesso venivano serviti come portata principale, spacciati per tacchino da Cromwell, il taverniere.

La polvere regnava sovrana. Qua e là, minacciosi, facevano capolino affilati pugnali conficcati tra le assi marce delle pareti.

Era così da sempre.

Ma quella sera, nell'aria, aleggiava qualcosa di diverso, e sembrava provenire da fuori, dai vicoli angusti e oscuri che circondavano la taverna. Il pendolo aveva battuto ormai la mezzanotte e Rummy Drinker era accasciato su un traballante tavolino, con le mani aggrappate alla bottiglia e la lunga barba brizzolata che lambiva il rum rovesciato sul ripiano.

All'esterno, l'insegna di legno su cui era disegnato un pirata con una benda sull'occhio stava immobile nella notte. Dalle finestre del locale filtrava una flebile luce che a stento si faceva strada nella nebbia. E, benché in quella notte nessuno osasse avventurarsi fuori, nemmeno i ladri e gli assassini, un'ombra tremante avanzava verso l'ingresso della taverna, strisciando lungo i muri.

Quando si spalancò la porta, Rummy Drinker sobbalzò: un uomo era rovinato a terra, a faccia in giù. Era avvolto da un malconcio mantello scuro e aveva i capelli unti, il viso esangue e le labbra cianotiche.

Rummy ridacchiò.

— Eccone un altro!

— Piantala, vecchio rimbambito! Non ne posso più di questi straccioni! — sbottò Cromwell, il naso adunco fremente per la rabbia. Poi si rivolse a quello sgradito pellegrino.

— E tu, balordo! Mettiti in piedi! Dannazione a te e a tutti i tuoi compari, che il Diavolo vi prenda, a voi e alle vostre famiglie!

Il balordo, invece di alzarsi, perse i sensi del tutto.

— Drinker! Chiama la Burn!

Rummy non dovette fare un passo. La vedova Burn era già lì. Era una donna corpulenta, con i capelli in-

grigiti raccolti in un improbabile chignon. La rozza palandrana che indossava la rendeva simile a una grossa campana, e le mani tozze non lasciavano certo ben sperare riguardo alle sue abilità mediche.

L'uomo sembrava in condizioni critiche. Il respiro si era ormai ridotto a un rantolo affannoso. La donna impartì gli ordini con la sua voce profonda.

— Mettete in fila dei tavoli e stendetecelo sopra. Bravi, così... con delicatezza!

La Burn, avvicinatasi, gli controllò il battito cardiaco.

— Non ha niente che non va! — diagnosticò con fare professionale. — Sbattetelo a letto e domattina vedrete che starà meglio!

Al piano di sopra della taverna, Cromwell metteva a disposizione dei clienti alcune camere da letto, sebbene le cimici tollerassero a malincuore gli intrusi.

E così, ondeggiando sotto il peso dell'uomo, Drinker e Cromwell si inerpicarono sui gradini cigolanti della scala, guidati solo dal lume di una candela.

Messo il nuovo indesiderato ospite a dormire, ognuno andò a chiudersi nella propria camera.

Mentre la Burn era totalmente indifferente al destino del nuovo venuto e Cromwell si limitava a maledirne la sorte, l'anziano Rummy Drinker aveva gli occhi scintillanti di gioia e un ghigno di malefica soddisfazione gli illuminava il volto coriaceo.

Il mattino dopo, Cromwell fu il primo a svegliarsi e subito andò a verificare le condizioni del vagabondo.

Non era certo l'interesse per la salute dell'ospite ad

averlo buttato giù dal letto così presto, bensì il contenuto delle sue tasche.

Giunto davanti alla porta della stanza dell'uomo, si guardò attorno con circospezione. Temeva che se fosse stato scoperto da Drinker o dalla Burn avrebbe dovuto spartire con loro il bottino.

Ma tutto taceva.

Così Cromwell afferrò il pomello e cominciò a girarlo piano, senza fare il minimo rumore.

La porta era aperta.

Entrò furtivo nella stanza e si diresse verso il letto, ma si bloccò quasi subito.

Qualcosa non gli quadrava.

Reggendo la candela, fece un altro passo, tese la mano e con un colpo secco levò le coperte dal giaciglio.

Cromwell lasciò cadere a terra la candela ed emise un grido soffocato: gli abiti dello straccione erano intatti nel letto, ma il corpo dell'uomo era ridotto a un cumulo di cenere fumante.

Quando la Burn vide quel che era successo, svenne. Mentre giaceva inanimata al suolo, Cromwell prese a lamentarsi con Rummy Drinker.

— Perché, maledizione, perché? Perché qui? Perché proprio io?

Rummy si limitò a una risata.

— Non preoccuparti, vecchio mio. Finirà presto, me lo sento!

— Ne sei sicuro? — chiese il taverniere.

— Sicurissimo, vedrai che domani tornerà tutto come prima: venderai tanto rum quanto non ne hai venduto negli ultimi mesi!

Cromwell si tranquillizzò e aiutò la Burn a riprendersi. Pochi minuti e la vedova era di nuovo in piedi, petulante come sempre. I due lasciarono la stanza, mentre Rummy Drinker rimase volutamente indietro.

Sorrise, pensando all'ingenuità di quei due balordi. Si chiuse dentro e tirò le tende per essere sicuro che nessuno lo vedesse. Quindi, soddisfatto, osservò attentamente i resti del vagabondo.

— Bene, bene — disse tra sé e sé. — Tutto procede secondo i piani.

Aprì un piccolo sacchetto che portava legato alla cintola. Non lo utilizzava da tempo, e si ricordò di quando il suo Padrone gliel'aveva donato: se non gli avesse confidato che era di pelle umana, non se ne sarebbe mai accorto.

Estrasse dalla tasca un piccolo cucchiaio di platino e, con estrema precisione, raccolse la cenere e la rovesciò nel sacchetto, attento a non disperderne nemmeno un granello.

I

Spinn

Spinn si lasciò scivolare lungo la grondaia, silenziosamente. Doveva fare attenzione. Sarebbe bastato mettere un piede in fallo per precipitare nel vuoto o, peggio, farsi scoprire. In fondo non erano più di tre metri e cadere da quell'altezza non rappresentava un grosso rischio.

Era appena un ragazzo, nemmeno lui conosceva di preciso la propria età, tredici, forse quattordici anni. Era alto, magro, agile e, complice la notte, capace di diventare quasi invisibile. Qualità indispensabili per un ladro.

Doveva consegnare la refurtiva alla Burn e a Cromwell, e da un po' di tempo anche a quel vecchio balordo, Rummy Drinker. Lui invece non guadagnava quasi nulla: un tozzo di pane, un piatto di minestra e, se gli andava bene, un letto pulcioso alla locanda.

Spinn poteva pretendere ben poco. Quei meschini del taverniere e della vedova Burn erano gli unici che potevano aiutarlo a piazzare agli avventori della locanda la merce rubata. E se reclamava qualcosa di più, quelli minacciavano di consegnarlo alle autorità. Il ragazzo sapeva che, se l'avessero arrestato, non l'avrebbe passata liscia. L'avevano già beccato altre volte, per lo più per piccoli furti al mercato.

Ma era di notte che Spinn si dedicava alle faccende più serie e, per fortuna, nessuno l'aveva mai scoperto.

Questa volta, però, si era spinto oltre. Sapeva che, se avesse fallito, per lui ci sarebbe stata la forca.

Al villaggio tutti lo conoscevano come un ragazzo che aveva avuto una vita difficile, cresciuto solo al mondo. Nessuno se la prendeva troppo per una mela o una caciotta rubate, e di solito lui badava di compiere i suoi furti più importanti in altri villaggi.

Ma stavolta rischiava grosso. Se avessero saputo che stava derubando il sindaco in casa sua, non ci sarebbe stata alcuna clemenza.

Spinn lasciò la grondaia, appoggiò i piedi nudi sul balcone di pietra e si accovacciò per evitare di essere visto. Rimase zitto e immobile per alcuni minuti.

"Bene" pensò. "Sindaco e famiglia devono essere a nanna."

Si sporse per sbirciare dalla finestra: dentro era buio pesto. Prese un pezzo di fil di ferro, lo infilò tra le ante, sollevò piano il chiavistello ed entrò.

Subito si accorse della presenza di un gatto. Gli occhi verdi e penetranti del felino lo fissavano nell'oscurità.

— Accidenti! — mormorò Spinn, contrariato. — Non farmi scherzi, eh, micio?

Ma il gatto aveva già cominciato ad avvicinarsi. Quella era una complicazione che non aveva previsto.

— Ssst! — gli sussurrò Spinn.

Il gatto miagolò.

— Ssst! — riprovò Spinn.

Poi, una voce. La riconobbe subito.

— Dannato gatto, vuoi startene zitto? Gwendaline, ti giuro che l'ammazzo, una volta di queste!

Era il sindaco. E Gwendaline!

— Dai, papà. È ancora un cucciolo!

La voce cristallina della figlia del sindaco distolse per un attimo la sua attenzione. Ma il gatto continuò a miagolare e lo riportò alla realtà.

— Eh no, adesso lo ammazzo! — gridò il sindaco, e Spinn udì i pesanti passi dell'uomo avvicinarsi.

— Disgraziato! Sei contento adesso? — sibilò rivolto al gatto, che si accoccolò sul pavimento.

Il sindaco entrò nella stanza portando una lampada, ma era tutto tranquillo. Il gatto sembrava dormire, acciambellato sotto la finestra chiusa. L'uomo grugnì. — E va bene, dannato gatto. Per stavolta ti risparmio... — e se ne tornò a dormire.

Spinn tirò un sospiro di sollievo. Era fuori, appeso alla balaustra, penzolante nel vuoto.

Quando vide la luce che si allontanava, saltò di nuovo sul balcone, aprì la finestra per la seconda volta e rientrò.

Per poco non pestò la coda del gatto, che adesso lo guardava con un'espressione quasi maliziosa.

— Ti sei divertito abbastanza? Adesso lasciami fare il mio lavoro.

Forse aveva ragione la Burn, quando diceva che i gatti erano gli animali del demonio. Molto meglio i cani, pensò Spinn, come Montmorency.

Tirò fuori da sotto la camicia logora un sacco e lo poggiò a terra, aperto; lo riempì in un batter d'occhio:

un candelabro d'oro, attizzatoi con il manico d'avorio, posate d'argento.

Spinn, però, non resistette alla tentazione di dare un'occhiata alle altre stanze. In una russavano il sindaco e sua moglie, nell'altra c'era Gwendaline.

Doveva avere più o meno la sua età ed era davvero bella, oh, se era bella! Le guance rosa, la pelle candida e vellutata, i capelli biondi e setosi.

Il ladro la osservò, sospirò, e poi si chinò su di lei, sfilandole dal collo un crocefisso d'argento. Gwendaline non si accorse di nulla.

— Buonanotte — sussurrò Spinn.

Tornò nel salotto e raccolse il sacco, cercando di farlo tintinnare il meno possibile. Aveva appositamente riempito il fondo d'ovatta, in modo che i rumori fossero attutiti.

"Alla prossima, Sindaco. È stato un piacere fare affari con lei" pensò Spinn. Rivolse un ultimo sorriso beffardo alla casa e uscì sul balcone.

Era fatta.

Sacco in spalla, si lasciò scivolare lungo la grondaia fino a terra e si allontanò protetto dalle tenebre.

Sul retro della locanda, Cromwell e la vedova Burn fissavano con occhi avidi il bottino di Spinn.

— Bravo ragazzo — commentò il taverniere. — Sei andato meglio del solito: oro, avorio, argento...

— Ecco, infatti — lo interruppe Spinn — mi chiedevo se questa volta non potesse esserci qualcosa in più per me...

— Non se ne parla — rispose dura la Burn. — Senza di noi, tu non sapresti che farne.

— Vedremo, Spinn, vedremo... — intervenne Cromwell, appena più conciliante. — Ma adesso metti tutto al solito posto. Io ho da fare con i clienti.

In effetti, la taverna era affollata.

Spinn ingoiò amaro, ma non poteva fare altro. Trascinò il sacco fin dietro il bancone, quindi sollevò un logoro tappeto e aprì una botola, che negli anni aveva nascosto di tutto: merce di contrabbando, armi e criminali, oltre ai bottini dei suoi furti.

Dopo essersi calato all'interno del nascondiglio, Spinn poggiò la refurtiva il più lontano possibile dall'ingresso e la occultò con alcuni sacchi di grano.

D'improvviso, udì un numeroso gruppo di persone entrare nella locanda.

— Venite, signori, accomodatevi — gridò Cromwell, accogliendoli. — Vi ringrazio infinitamente per aver scelto la locanda del Guercio!

Spinn riaprì la botola per sbirciare. Gli uomini indossavano eleganti mantelli e avevano l'aria di essere ricchi mercanti.

Quello che sembrava il loro capo aveva il volto pallido e sfigurato da numerose cicatrici, lo sguardo gelido.

La Burn gli si era avvicinata per prendergli il mantello, ma lui la bloccò con un gesto. Poi, a un suo cenno, gli uomini lasciarono cadere i mantelli. Sotto indossavano stivali al ginocchio, pantaloni ampi e corpetti di pelle, e al fianco portavano tutti una spada.

Non si trattava di mercanti, ma di pirati!

Cromwell adesso era teso e impaurito. — Cosa posso fare per voi? — chiese con voce incerta all'uomo con le cicatrici.

Quello non rispose. Spinn, dentro di sé, stava esultando. Pirati, quelli erano pirati! Forse l'occasione che aspettava da una vita era arrivata... Sollevò ancora un poco l'apertura della botola ed era sul punto di uscire, quando l'uomo con le cicatrici impartì l'ordine: — Cominciate!

Uno dei pirati estrasse la spada e, con un unico movimento fluido, staccò di netto la testa di un avventore.

2

Sventure

Dopo il primo scintillare di lame, Cromwell si gettò al riparo dietro il bancone, finché nella taverna calò un silenzio irreale.

Il taverniere restò immobile e trattenne il respiro: sentiva i passi di qualcuno che si avvicinava. Appoggiò la fronte alle ginocchia piegate e, per la prima volta in vita sua, recitò una preghiera.

Quando osò alzare lo sguardo, davanti a lui c'era l'uomo sfregiato che lo fissava.

La sua espressione impassibile mutò in un ghigno, mentre afferrava Cromwell per il colletto.

— Dov'è il ragazzo?

— Q-quale ragazzo? Non capisco.

Sapeva di chi parlavano, ma era combattuto. Dopo tutto quel tempo, almeno un poco si era affezionato a Spinn, e quelli erano degli assassini.

— Dov'è il ragazzo? — ripeté l'uomo.

— Di chi parlate? — insistette Cromwell, sempre più spaventato.

La sua voce era ormai un sibilo impercettibile.

Il pirata esaurì la pazienza. Tirò bruscamente Cromwell in piedi e gli sferrò un pugno che lo mandò a sbattere contro il muro.

— Io n-non lo so, lasciatemi stare, per favore...

I clienti della locanda erano ormai cadaveri, riversi a terra, e il sangue rendeva scivoloso il pavimento.

Il taverniere si lasciò cadere nuovamente in ginocchio.

In fondo alla sala poteva vedere i responsabili del massacro, intenti ad alleggerire le botti di rum e le dispense. Distolse lo sguardo e si ritrovò davanti il viso della Burn. Stava quasi per parlarle, quando si accorse che della Burn aveva davanti, appunto, solo il viso.

Cromwell gridò orripilato e cercò di allontanarsi dal pirata, che adesso impugnava la testa della donna per i capelli.

— Hai visto cos'è successo alla vecchia? — ringhiò. — Se non rispondi, farai la stessa fine.

— Vi prego! Io non c'entro. Il ragazzino era amico della Burn, non mio! — mentì. La paura ormai lo attanagliava. Forse Spinn aveva trovato il modo di andarsene, e in fondo lui aveva provato a difenderlo. Adesso era tempo di pensare a se stesso. — È là sotto, vi faccio vedere, c'è una botola. Ma vi prego, lasciatemi vivere...

Un colpo di sciabola gli staccò la testa di netto.

Poi dall'ombra emerse un uomo dalla barba brizzolata: Rummy Drinker.

— Benvenuto, capitano Skull — disse rivolto al pirata che ancora impugnava la spada.

— È una gioia rivederti, Rummy — rispose l'altro, sarcastico. — Andiamo a prendere il ragazzino.

Skull aprì la botola che il taverniere gli aveva indicato e scese insieme ad alcuni dei suoi uomini.

Rovistarono ovunque, tra sacchi, botti e scatole affastellate. Uno degli uomini di Skull passò accanto a un sacco più grande degli altri e lo colpì con un calcio: nello scantinato risuonò il rumore metallico del candelabro, degli attizzatoi e delle posate, la refurtiva appena consegnata da Spinn.

— Il ragazzo non c'è, quel cane di taverniere ha mentito.

— Bruciate tutto — ordinò Skull.

In pochi minuti le fiamme divorarono la locanda e si propagarono agli edifici vicini.

Quella notte i pirati di Skull, con l'aiuto di Rummy Drinker, distrussero il villaggio, lasciando dietro di sé solo rovine e sangue.

Ma gli sfuggì qualcuno, il ragazzo a cui davano la caccia: Spinn.

3

L'imbarco

Nel nascondiglio, Spinn mise la testa fuori dal sacco della refurtiva. Sotto i piedi sentiva alcune delle posate d'argento piegate, là dove il pirata aveva sferrato il calcio. Nell'aria c'era odore di fumo: la locanda stava bruciando.

Spinn uscì completamente dal sacco. Aveva sentito tutto: il capitano Skull – così si chiamava l'uomo con le cicatrici – che dava l'ordine, Cromwell e la Burn uccisi, Rummy Drinker che si era rivelato un traditore... Quel vecchio non gli era mai piaciuto, ma mai si sarebbe aspettato questo da lui!

E poi, perché quegli uomini lo cercavano con tanta feroce determinazione?

Facendosi strada attraverso la coltre di fumo nero, cercando di schivare le lingue di fuoco che ormai lo lambivano, uscì dalla locanda. Ai suoi occhi si presentò uno spettacolo orribile: l'intero paese era in fiamme, ma dei pirati per fortuna non c'era alcuna traccia.

Spinn si mosse furtivo e veloce tra le stradine. Quella banda di assassini gli aveva ricordato un'altra notte terribile, e un giuramento solenne.

Con il cuore gonfio d'odio, corse fino al molo e là li vide: sembravano spettri, avvolti nella nebbia, e si imbarcavano su una nave nera come la pece.

Spinn osservò la nave allontanarsi nell'oscurità, e solo quando scomparve si accorse della gravità della situazione. Pochi casolari rimanevano in piedi, sostenuti dai loro scheletri ancora fumanti.

La città sembrava deserta, immersa in un silenzio irreale.

Vagando tra le macerie, Spinn non incontrò anima viva. Quei pochi uomini avevano sterminato l'intera popolazione.

Individuò un cane uggiolante in cerca di cibo e si chinò al suo fianco per dargli una grattatina dietro le orecchie; il cane allungò il muso e glielo appoggiò sul grembo. Era un po' come se quei due si appartenessero. Spinn non ricordava un giorno della sua vita in cui lui e Montmorency non si fossero incontrati almeno una volta. In qualche modo, quel randagio era l'unica famiglia che avesse mai avuto.

Poi Spinn si alzò e, seguito dal suo fedele amico, continuò la ricerca fino alle prime luci dell'alba, senza trovare alcun superstite. Tornato sul molo, qualcosa in lontananza attirò il suo sguardo: era un gruppo di vele e una bandiera con il teschio e le tibie incrociate.

Spinn fu preso da un attimo di smarrimento. La nave non pareva la stessa, ma a quella distanza non poteva esserne certo: che fossero tornati a prenderlo?

Il ragazzo si nascose dietro un cumulo di macerie e attese, con Montmorency sempre rannicchiato al suo fianco. Spinn gli serrò delicatamente il muso con le mani, per non farlo abbaiare. Quando la nave fu più vicina alla costa, vide che non aveva nulla in comune con quella di Skull. Spinn decise di rimanere comunque nascosto, e presto i bucanieri sbarcarono a terra.

— Che diavolo è successo?

— Non è possibile...

— Per mille diavoli! Qualcuno dovrà pur essersi salvato!

— Non c'è nessuno.

Uno dei pirati raccolse una spada da terra e ne esaminò attentamente un fregio sull'impugnatura.

— Ve lo dico io, chi è stato! — disse, mostrando l'arma anche agli altri. — È opera di quel dannato bastardo di Skull! Prima o poi ce la pagherà.

Spinn si sporse dal suo nascondiglio. Si capiva subito che l'uomo che aveva appena parlato era il capitano: in testa portava un consunto tricorno e indossava una larga giacca di velluto, mentre i pantaloni erano sorretti da una cintura dalla fibbia dorata, ai piedi calzava degli stivaloni di pelle e dal fianco gli pendeva una sciabola lucente.

Il suo viso severo era incorniciato da una lunga e stopposa barba bionda.

Spinn cominciò a riflettere. Si trattava sempre di pirati, senza dubbio, però, rispetto ai compari di Drinker, questi avevano qualcosa di diverso. E il capitano sembrava odiare Skull.

Il ragazzo si guardò attorno. Erano rimasti solo cadaveri, ruderi e macerie. Che senso aveva rimanere lì? Che cosa avrebbe potuto fare da solo? Forse, ripeté tra sé e sé, era *davvero* l'occasione giusta.

Spinn aveva deciso. Con un balzo saltò fuori dal cumulo di macerie e si presentò ai pirati.

— Salute, gentiluomini di ventura! — li salutò con riverenza.

— Per tutti i diavoli! E questo da dove salta fuori? — esclamò il più anziano. Aveva la barba grigiastra, la pelle abbronzata e una bandana nera annodata sul capo. Il viso era segnato da rughe profonde.

Un altro, alto e muscoloso, aveva il cranio completamente rasato. — Cerchi grane, ragazzino? — cercò di intimidirlo.

— Nossignore. Vorrei imbarcarmi con voi.

— Tu? A bordo con noi? — rise. — Credi che abbiamo una balia a bordo?

— Cosa sai fare di utile? — gli fece eco quello più anziano.

— So combattere! — azzardò Spinn, dopo un attimo di esitazione.

— Tu sai combattere? Ma guardati! Con quelle braccine non riusciresti nemmeno a sollevare una spada!

Il pirata muscoloso gli girò attorno: aveva già pensato al destino del ragazzo, l'avrebbero venduto ai mercanti di schiavi. Spiccò un balzo e tentò di atterrarlo. Spinn, però, fu più veloce: fece appena un passo di lato e il pirata si ritrovò a rotolare nella polvere. L'uomo si rialzò subito, deciso ad attaccare di nuovo, quando una voce lo fermò: — Adesso basta!

Era il capitano. — Non è il momento di giocare. Setacciate il villaggio — ordinò ai suoi uomini. — Vediamo di ricavare qualcosa da questo immondezzaio.

Poi si rivolse a Spinn: — Che cosa abbiamo qui? Un'agile scimmietta, direi!

— Mi chiamo Spinn, signor capitano, e vorrei unirmi alla vostra ciurma!

— Non mi servono altri uomini.

— So combattere — insistette Spinn.

Il capitano ora lo stava fissando dritto negli occhi: — Davvero sai combattere?

Spinn chinò il capo.

— No, capitano — ammise.

— Ho notato con quale facilità hai evitato l'attacco del mio uomo. Ti muovi come un gatto. Hai abbastanza coraggio per intrufolarti nelle cabine durante gli arrembaggi e ripulirle? Non tutti sanno rubare.

— Io sì, capitano — rispose Spinn con un sorriso. Era quello che faceva da sempre.

— E sia, allora! Benvenuto nella ciurma del capitano Yellowbeard! E benvenuto sulla *Seabelt*, la mia nave.

Il sorriso di Spinn si allargò ancora di più, poi guardò il suo cane.

— Capitano! Mi piacerebbe tanto portare Montmorency con me.

— E chi diavolo sarebbe Montmorency? — chiese Yellowbeard, mutando improvvisamente umore.

Spinn tese il dito verso l'animale macilento.

— Un cane?

— È un animale sveglio, signore...

— Non se ne parla! Che me ne faccio di un cane in mare? Lascialo lì, quel botolo pulcioso!

— Ma, capitano...

— Non c'è niente da aggiungere, ragazzo. Un cane a bordo non serve a nulla, è solo un'altra bocca da sfamare. E ora vedi di renderti utile!

Spinn avrebbe voluto insistere ancora, ma sapeva di

non avere scelta, e le parole gli morirono in gola. Montmorency lo fissava con la coda tra le gambe. Aveva capito. Le loro strade si dividevano.

Spinn sussurrò: — Mi dispiace, Monty.

Ma Monty, a testa bassa, gli aveva già voltato le spalle. Per sempre.

4
In mare

Quando la *Seabelt* salpò dal molo era mattino inoltrato, ma ancora la nebbia era spessa come un manto. Spinn aveva lo sguardo fisso su quel muro impenetrabile. Ce l'aveva fatta! Ciò che aveva aspettato per tutta la vita finalmente si era realizzato.

D'improvviso, una voce tonante lo distolse dai suoi pensieri.

— Guardale bene queste nebbie, ragazzo! E impara a conoscerle, perché in loro un pirata può trovare la salvezza o la morte.

L'uomo che aveva parlato era un imponente colosso con barba e capelli rossicci.

— Ai Caraibi assaggerai anche il sole bruciante e la violenza impietosa delle burrasche.

— Qual è il tuo nome? — chiese Spinn, intimorito dalla stazza del pirata.

— Ah, il mio nome l'ho smarrito anni fa, nella notte dei tempi! — rispose l'uomo ridendo. — Adesso tutti mi chiamano O'Fire. Nelle mie vene scorre fiero il sangue degli Highlander di Scozia, cavalieri che le leggende narrano essere immortali. Quello è il mio popolo, quella è la mia terra.

L'uomo ora non rideva più e aveva lo sguardo lontano.

— Ero un fabbro, tempo fa, e i miei muscoli forgiavano le armi brandite dai nostri gloriosi guerrieri. Ma fui cacciato dalla mia terra e inseguito da un Lord arrogante. Riunii un gruppo di valorosi che si opponessero a quel tiranno, ma lui riuscì a corrompere molti di loro e uccise i più valorosi. Rimasi solo, braccato. Così mi imbarcai, e presto mi ritrovai nelle assolate isole del Mar dei Caraibi. Lì mi sono unito all'equipaggio del capitano Yellowbeard e ancora viaggio e combatto con lui. E tu, invece? Cosa ti ha portato su questo ponte?

— Mi sono arruolato per...

— No! Non usare mai quella parola. I pirati non hanno ufficiali cui obbedire per forza.

— Ma allora, il capitano Yellowbeard? — replicò Spinn perplesso.

— Se solo volessimo, potremmo lanciarlo fuoribordo in un attimo; noi non abbiamo leggi, né regole. Ci aggreghiamo per essere più forti, Spinn, e se riconosciamo la guida di un capitano è solo perché ha più esperienza degli altri.

O'Fire diede una violenta manata sulla schiena di Spinn.

— Ora basta chiacchiere. Le sartie si lamentano, e le vele strappate attendono. C'è molto lavoro da fare — disse, e si allontanò.

Spinn lo seguì con lo sguardo, confuso. Salito a bordo, si era aspettato uomini truci e volgari, non persone pervase da nobili ideali e sentimenti di rimpianto.

Un grido lo risvegliò da quelle considerazioni.

— Spinn! Che diavolo stai facendo? Muoviti e datti da fare!

Il capitano Yellowbeard gli lanciò con violenza una spazzola ispida e un secchio di legno.

— Per stasera voglio che tutto il ponte risplenda come uno specchio!

Spinn, chino sul ponte, strofinava con forza le assi, reprimendo l'impulso di mandare tutti al diavolo. Non doveva dimenticare di essere a bordo di una nave e che, come membro dell'equipaggio, doveva obbedire agli ordini; ma non era facile abituarsi a quella vita, soprattutto per lui che aveva vissuto libero, assoluto padrone di se stesso e delle proprie giornate.

Dopo mezz'ora di lavoro, il sudore gli imperlava la fronte e le braccia gli dolevano, così come le gambe, costrette a rimanere piegate sul legno duro del ponte.

Alle sue spalle sentì una risata stridula.

— Eccolo lì, il pivellino!

Spinn si voltò, irritato.

A guardarlo, divertito, c'era un anziano pirata. Barba e capelli erano un'unica massa bianca e arruffata. Sembrava reduce da un naufragio, e continuava a ridere.

— Smettila — gli intimò Spinn, ma ottenne solo una nuova risata. — Ti ho detto di piantarla.

Il vecchio rideva ancora.

— Maledizione! — gridò Spinn con rabbia, scagliando la spazzola contro il pirata. Ma prima che potesse colpirlo, il vecchio parò l'insolito proiettile, afferrandolo con un gesto fulmineo. Poi restituì la spazzola a Spinn con un sorrisetto beffardo.

— Questa credo sia *tua*, pidocchio.

Spinn era sbalordito: quel vecchio, che non poteva avere meno di ottant'anni, aveva reagito con l'agilità di un felino.

— Qual è il tuo nome? — gli chiese.

Il vecchietto prese a saltellare intorno a Spinn, come una trottola impazzita.

— Qual è il tuo nome? — lo scimmiottò.

— Te l'ho chiesto prima io — replicò Spinn stizzito.

— Lo vedi? Sei solo un bambino! "Te l'ho chiesto prima io..."

Il ragazzo sospirò e non si scompose, cercando di mantenere la calma.

— Mi chiamo Spinn. E sono un nuovo pirata — disse gonfiando il petto.

Il vecchio continuò a girargli attorno, questa volta più vicino e più lentamente, osservandolo con attenzione.

— Ti chiami Spinn. Un nome insolito...

— E adesso dovresti dirmi il tuo — chiese il ragazzo, esasperato.

— Puoi chiamarmi Goldmerry, pidocchio — rispose ridacchiando l'anziano pirata. — E come mai ti sei imbarcato? Chissà che segreto nascondi... — lo provocò scrutandolo con gli occhi socchiusi.

— Nessun segreto — rispose Spinn sostenendo il suo sguardo.

— Può darsi. Ma chi lascia la terraferma per le insidie del mare, di solito si porta dietro qualche scheletro nascosto nella cassa da morto — insistette il vecchio.

— Voglio solo diventare ricco — replicò Spinn, ma cominciava a sentirsi a disagio.

Il capitano Yellowbeard li interruppe, sbraitando.

— Goldmerry, piantala di blaterare! Lascia in pace il ragazzo: che lavori, una buona volta! Se per stasera non avrà finito di lustrare il ponte, tu dividerai le frustate con lui.

— Sì, capitano! — rispose Goldmerry, senza smettere di ghignare. — Tutti uguali, certi ragazzini... — aggiunse, e lasciò Spinn solo.

Ma appena ne ebbe l'occasione, Spinn richiamò Goldmerry sottovoce: quella frase gli risuonava nella testa.

— Ehi, vecchio!

— Strofina il ponte, pidocchio — rispose quello senza nemmeno voltarsi.

— Di quali ragazzini parlavi, poco fa?

— Come posso ricordarmene? Ho visto una marea di gente imbarcarsi su questa stramaledetta nave.

— Bugiardo. Quanti ragazzini come me hai conosciuto?

Goldmerry tacque un istante, mentre fissava Spinn.

— Ti riferisci a qualcuno in particolare, vero? — intuì.

— Sei matto, vecchio — rispose rapido Spinn. — Ho fatto solo una domanda.

Arrivò da lontano, puntuale, il grido di Yellowbeard.

— Spinn! Muovi quelle chiappe ossute!

All'epoca Spinn non aveva ancora quattro anni.

Era buio da un pezzo, fuori il vento sibilava e faceva un gran freddo.

Di andare a dormire, non voleva saperne. Voleva che suo fratello gli raccontasse ancora una storia, soltanto una.

I due bambini erano orfani. Il padre era morto in un tempestoso giorno di novembre, affondato con il suo peschereccio. La madre lo aveva seguito circa un mese dopo, il giorno di Natale. Era una donna fragile e non aveva retto al dolore per la morte del marito.

Ma il destino dei due bambini non era stato del tutto infausto. La gente del paese si era data subito da fare per dar loro una mano, e persino Cromwell e la Burn – non certo famosi per il loro buon cuore – avevano accettato di ospitarli alla locanda.

Quel giorno erano proprio lì, alla taverna, mentre Cromwell lucidava piatti e bicchieri e la Burn era impegnata a rammendare i calzini mangiati dalle tarme.

Spinn, con gli occhi sgranati, ascoltava incantato suo fratello che raccontava la storia.

All'interno della locanda tutto era tranquillo. Fuori invece soffiava un vento infernale e nessuno di loro si accorse del pandemonio che dilagava per le vie della città. Quando finalmente udirono i rumori del saccheggio, era ormai troppo tardi.

Non servì a nulla sbarrare le porte e serrare le finestre: i pirati fecero esplodere imposte e battenti, e Cromwell assistette impotente alla razzia del suo locale, nascosto dietro il bancone.

Spinn era rannicchiato in un angolo, paralizzato dalla paura, e suo fratello gli faceva scudo con il proprio corpo. I pirati gozzovigliarono indisturbati per un tempo che sembrò interminabile. Ma quando, sazi e con le tasche piene, stavano per andarsene, il capo si accorse del fratello di Spinn. Per proteggerlo, era rimasto allo scoperto.

Il capo dei pirati lo soppesò e poi ordinò con un ghigno: — Prendete il ragazzo.

Quella stessa notte, ancora piccolo, senza nessuno al mondo, Spinn fece un giuramento a se stesso: sarebbe diventato un pirata e avrebbe ritrovato suo fratello.

Addestramento

Spinn stava strofinando le assi del ponte, quando sentì dei passi dirigersi verso di lui.

— In guardia! — tuonò la voce di O'Fire.

Spinn si voltò in un lampo, giusto in tempo per afferrare la sciabola che lo scozzese gli aveva lanciato.

— Bravo, ragazzo, ottimi riflessi!

Spinn fissò la lama tenendola davanti al naso. — E se non mi fossi girato in tempo? — chiese, tremando appena.

— Da queste parti, o si vive o si muore. Se vuoi fare il pirata e non restarci secco al primo assalto, stai sempre all'erta e coi muscoli tesi.

O'Fire si lanciò all'attacco, all'improvviso.

Spinn fu così sorpreso che non riuscì a muoversi, e la spada si fermò a pochi millimetri dalla sua gola.

— Reagisci! Se fossi stato un nemico, ti avrei già sgozzato.

— Tu colpisci a tradimento! — protestò Spinn.

— Certo. Sono un pirata! E poi, credi che i tuoi avversari ti stringeranno la mano prima di combattere?

— E sia — disse Spinn, e balzò all'indietro, allontanandosi dall'arma di O'Fire. Contemporaneamente fendette l'aria, ergendo la sciabola davanti a sé.

Alcuni riccioli rossi di O'Fire svolazzarono a terra.

— Sei un bucaniere o un barbiere? — rise il pirata, e per la seconda volta attaccò di sorpresa.

Spinn parò il colpo, ma la sua lama, sotto la stoccata di O'Fire, si spezzò in due.

O'Fire sorrise soddisfatto.

Spinn guardò l'elsa che gli era rimasta in mano, incredulo.

— Come hai fatto?

— Mio caro Spinn, la lama di una spada non è tutta uguale dall'elsa fino alla punta. E finché parerai i colpi più potenti con la parte centrale della lama, la tua arma farà sempre questa fine. Vicino all'impugnatura, quello è il punto forte della spada. Il resto serve per attaccare, non per difendere.

Spinn chinò il capo con un sospiro.

— Peccato, era un'ottima arma — osservò O'Fire. — Ma adesso va' sottocoperta, da mastro Bladesmith. Ti darà un'altra spada.

Mastro Bladesmith era il fabbro di bordo. In realtà si occupava soprattutto di sorvegliare la santabarbara, si curava che la polvere da sparo non si inumidisse, sistemava i proiettili e lucidava e affilava le armi da taglio.

Spinn scese sottocoperta. Di Bladesmith, in quel momento, non c'era traccia.

Afferrò una sciabola qualunque. Di armi non ne sapeva molto, ma avrebbe dovuto sbrigarsi a imparare, e non solo per diventare un vero pirata. L'idea di Skull lo tormentava... Spinn ancora si domandava come mai lo cercasse con tanta determinazione, ma era sicuro che, se l'avesse trovato, gli avrebbe fatto la pelle.

— Che stai facendo ancora laggiù?

Spinn udì il richiamo di O'Fire e risalì svelto in coperta.

— Alla buon'ora, Spinn! Dov'eri finito?

— Stavo aspettando...

— Male! Non devi aspettare, devi agire, ragazzo.

O'Fire attaccò fulmineo e Spinn riuscì a evitare il filo della lama, ma solo per pochi centimetri. Nell'arretrare si sbilanciò, e di nuovo O'Fire si fermò a un soffio dalla sua gola.

Spinn si sentiva goffo e impacciato. La spada per lui era solo un corpo estraneo, un impedimento, mentre in mano al suo avversario sembrava quasi danzare.

Il ragazzo lo guardò con ammirazione, ma O'Fire abbassò la spada.

— Sei già esausto — gli disse.

Spinn infatti ansimava per lo sforzo.

— Non mi capita tutti i giorni di battermi con il più abile spadaccino dei Caraibi — commentò.

O'Fire fece una specie di sorriso, un po' amaro.

— Nonostante si regga a malapena in piedi, Goldmerry rimane il migliore! — rivelò.

— Davvero? — Spinn era incredulo.

— Sì. Anche se ormai non combatte più.

— E se lo attaccano?

— Be', di certo sa badare a se stesso.

Spinn sospirò. Poteva dire altrettanto di sé?

O'Fire diede a Spinn un'altra violenta manata sulla schiena: — Non ti abbattere, ragazzino. Domattina all'alba ci riproveremo!

Profezie

Londra era in subbuglio. Quel pomeriggio, nella piazza principale, si sarebbe tenuta l'esecuzione di uno dei più grandi e feroci pirati di tutti i tempi: Corsaired.

L'argomento era sulla bocca di tutti. In particolare, un marinaio in una taverna si vantava di aver fatto parte dell'equipaggio che aveva sconfitto l'imprendibile bucaniere.

In piedi su un tavolo, di tanto in tanto prendeva fiato, tuffando i suoi baffoni biondi in uno schiumoso boccale di birra.

Poi, ancora più esaltato, riprendeva a narrare: — Fu allora che Corsaired cadde in trappola! La santabarbara della sua bagnarola esplose, scatenando le fiamme dell'inferno! Ho ancora nelle narici il puzzo di zolfo, amici miei, come se avessi annusato la pelliccia di Satana in persona! Che soddisfazione catturare lui e massacrare tutta la sua ciurma! Voleva rubarci il carico, quel maledetto. E io oggi sarò in prima fila a sputargli addosso, quando lo trascineranno sul patibolo.

L'entusiasmo di quell'uomo e dei suoi compagni era comprensibile.

Avevano sconfitto e catturato l'uomo che da solo teneva in scacco buona parte della Marina Inglese: Corsaired, il corsaro ribelle, il pirata più sanguinario dei Sette Mari, l'uomo dalla spada infallibile e dall'occhio di serpe.

La ricompensa sarebbe finita nelle tasche del capitano, ma loro avrebbero sicuramente viaggiato più tranquilli, senza quel demonio a caccia di prede.

Quel giorno gli artigiani avrebbero chiuso le loro botteghe e i tavernieri le locande: l'intera città si sarebbe riunita per assistere all'esecuzione.

L'ora fatale arrivò presto.

La piazza era stracolma e il patibolo, al centro, si innalzava minaccioso al di sopra della folla.

Era mezzogiorno. Nel cielo sgombro di nubi, il sole arroventava l'aria. Quella che era sembrata una giornata stranamente primaverile adesso era gonfia di un'afa opprimente.

La gente cominciava a spazientirsi.

Finalmente, in lontananza, si alzò un gran polverone. La folla si aprì in due ali, e quattro cavalli neri avanzarono trainando la carrozza del prigioniero.

Quando raggiunsero il patibolo e si arrestarono, la folla trattenne il fiato.

Lo sportello della carrozza si aprì con un cigolio, e dall'abitacolo emerse un ufficiale. Alle sue spalle, sbucò Corsaired e il pubblico esplose in un boato di fischi e urla.

Corsaired sembrava provato, ma aveva uno sguardo fiero. Scalzo, le gambe magre e abbronzate, indossava dei pantaloni sformati e stinti, e la camicia logora era macchiata di sangue. Il volto era tumefatto.

Il pirata alzò gli occhi sulla folla: il suo sguardo era quello di un uomo abituato a comandare, un uomo che non teme nulla. Furono molti quelli che non riuscirono a sostenere la furia di quegli occhi.

Guidato dall'ufficiale, Corsaired salì gli scalini del patibolo senza esitazione, e quando gli strinsero il cappio intorno al collo rimase impassibile, il volto privo di espressione.

Si fece silenzio.

Poi il boia aprì la botola, la corda si tese e il corpo del pirata prese ad agitarsi, scosso dalle convulsioni.

In pochi minuti tutto fu finito. Il pirata era morto, i mari erano di nuovo liberi.

Un mormorio di sollievo passò di bocca in bocca.

Ma all'improvviso le membra di Corsaired furono scosse da nuove e innaturali contrazioni, i suoi occhi si riaprirono, pieni di odio e follia, e le mani afferrarono il cappio che gli stringeva il collo spezzato. Il pirata si liberò dal nodo, riuscì a issarsi lungo la corda e raggiunse il braccio della forca.

Da lì emise un urlo sovrumano, un lamento che pareva provenire da un coro di anime dannate.

Aveva subito un'orrenda trasformazione.

Con gli occhi fuori dalle orbite e il corpo del colore di un cadavere in putrefazione, dalla sua bocca uscivano solo ringhi e versi animaleschi.

La folla era paralizzata.

Poi le pupille di Corsaired si rovesciarono e lui, in una sorta di trance, cominciò a parlare.

— La Clessidra sarà nostra! Preparatevi a adorare il vostro nuovo Padrone! Il Nero!

Sull'ultima sillaba, il corpo di Corsaired cominciò a sgretolarsi, finché di lui non rimase che un fantasma armato di una sciabola d'oro, e poi – dopo un istante – solo un mucchietto di cenere grigia.

Nella piazza deserta, un uomo avanzò verso il patibolo: Rummy Drinker era felice.

Si assicurò che in giro non ci fosse anima viva e salì sulla forca, estrasse il suo sacchetto di pelle umana e recuperò la cenere con il cucchiaino di platino, proprio come aveva fatto con l'uomo della locanda. Il momento, come il Padrone gli aveva promesso, era finalmente giunto.

Nulla sarebbe stato più come prima.

6

Uragano

Montmorency avanzava tra le macerie, naso a terra, in cerca di un segno di vita.

Gli era sempre piaciuto stare con Spinn, ma adesso lui era partito ed erano spariti anche tutti gli abitanti del villaggio.

Erano scomparsi persino i topi

Dopo quello che gli sembrò un tempo infinito, Montmorency, che di incendi in vita sua ne aveva visti molti, decise di cercare un riparo dalla brezza gelida che si stava alzando.

C'era qualcosa di strano in quell'incendio. Mancava, nell'aria, l'odore delle carcasse carbonizzate.

Accucciatosi sotto una tettoia pericolante, tese le orecchie, allarmato dalla strana atmosfera intorno a lui.

Era abituato a captare certi eventi in anticipo, come tutti gli animali. Ma stavolta non si trattava di un'eclissi, e nemmeno di un terremoto. Quello che si avvicinava non sembrava un fenomeno naturale.

Montmorency guaì, impaurito, ma sapeva che i suoi lamenti non sarebbero stati ascoltati.

Era solo.

Vide il cielo oscurarsi di nuvole nere come l'inchiostro, mentre il vento aumentava d'intensità, e la cenere sollevarsi da terra, poi fiutò l'aria.

Quelle ceneri portavano odore d'uomo.

Un fulmine squarciò l'aria.

Le nuvole presero a muoversi a spirale, le une attorcigliate alle altre.

Quando l'uragano si scatenò in tutta la sua terrificante potenza, Montmorency non poté fare altro che rannicchiarsi nel suo nascondiglio, finché la tromba d'aria non lo prese con sé.

Il mattino dopo non c'era più nulla. Né cenere, né macerie.

E il terreno rimase arido e grigio, come se un germe maligno vi avesse attecchito e avesse succhiato e distrutto ogni energia vitale.

Da quel giorno, nemmeno un filo d'erba sarebbe più nato da quella terra intrisa di malvagità.

Nessuno avrebbe mai potuto intuire che lì, un tempo, c'era stato un villaggio.

7

Complotti oscuri

O'Fire, all'erta, sentì il vento alzarsi.

— Uhm. È strano... — commentò fiutando l'aria.

Ma nessuno condivise le sue sensazioni.

Per tutto il giorno, il capitano Yellowbeard rimase chino sulle logore carte nautiche alla ricerca della rotta migliore. Spinn, dal canto suo, andò a riposarsi come O'Fire stesso gli aveva suggerito.

Intanto la temperatura, invece di aumentare, diminuiva. Quanto tempo avrebbero impiegato per raggiungere le assolate isole caraibiche?

Per Spinn era difficile essere paziente. Era abituato a ottenere subito quello che desiderava, a prenderselo senza aspettare. Le lunghe attese lo rendevano insofferente come un animale in gabbia.

E ora aveva anche fame. Sul ponte di solito c'era un barile pieno di frutta, ma quando Spinn vi immerse la mano, lo trovò vuoto.

Il suo sguardo cadde su Goldmerry, che dormiva a pancia all'aria, circondato da torsoli di mela. Lui aveva lavorato per ore, si era allenato con O'Fire, era stanco e affamato, mentre quel malefico vecchietto che non aveva alzato un dito dormiva con la pancia piena.

Spinn sentì il sangue montargli alla testa: afferrò un secchio colmo d'acqua e lo rovesciò sopra Goldmerry.

Quello saltò su gridando, in preda al panico: — Alle scialuppe! Affondiamo!

Non appena udì la risata di Spinn, agitò i pugni in aria.

— Che ti venga un colpo, ragazzino! Ti ha dato di volta il cervello?

Spinn, però, si stava già allontanando in fretta, continuando a sorridere: vendetta era stata fatta.

Al calar della notte, il mare si agitò in possenti cavalloni, sotto un cielo denso di nuvole minacciose. Il vascello nero del capitano Skull rollava e beccheggiava sulle onde.

Chino sul timone, c'era un uomo dal volto rugoso. In testa calzava un sudicio zucchetto rosso, aveva la barba di qualche giorno e masticava lentamente del tabacco, mostrando i pochi denti che gli erano rimasti. A quell'ora della notte, quasi tutti dormivano.

La vedetta in cima all'albero maestro probabilmente russava, e gli altri due uomini di guardia si tenevano in piedi come potevano. Uno stava lì, fisso sul cassero di poppa, mentre l'altro faceva la spola trascinandosi da tribordo a babordo.

L'uomo al timone diede un'occhiata a poppa, verso gli alloggi del capitano: dai vetri fuligginosi filtrava ancora una luce.

Dunque Skull e Rummy Drinker stavano ancora discutendo con il loro ospite. Era arrivato poco prima del tramonto, a bordo della *Daemon*, che adesso veleggiava davanti a loro.

Erano diretti alla fortezza del Padrone, sulla sua isola spettrale. Il timoniere rabbrividì al solo pensiero; ricordava le sentinelle che vegliavano su quel luogo, i loro occhi rossi e inumani.

E ricordava anche quando era stato ingaggiato: Skull gli aveva promesso l'immortalità e lui aveva accettato senza pensarci due volte.

Ma Skull si era rivelato un fanatico, e l'idea che il Padrone di cui tanto parlava non fosse altro che Satana in persona non l'aveva ancora abbandonato. Forse era per questo che il timoniere stringeva sempre un crocefisso tra le dita, nella speranza che il Cielo lo proteggesse.

In quel momento Skull e Drinker stavano discutendo con il capitano della *Daemon*. Era avvolto in abiti neri, il volto coperto da una benda che gli lasciava liberi solo gli occhi.

— Ve lo ripeto ancora. Avete fallito — sibilò.

— È solo un ragazzino, non credevamo fosse così importante — replicò Skull, ostentando una sicurezza che non aveva.

— Gli ordini del Padrone vanno eseguiti. Subito e senza errori — replicò l'uomo, scandendo con freddezza ogni sillaba.

— Vorrei sapere perché al Padrone interessa tanto quel moccioso — borbottò Drinker a mezza voce.

— Non osate mettere in discussione le Sue decisioni! Avete firmato un patto di sangue — gli ricordò l'uomo in nero. Rummy Drinker rabbrividì e Skull, intimorito, prese la parola per difendersi.

— Era compito di Drinker tenere d'occhio il ragazzo! È colpa sua se ci è sfuggito, è lui che merita di essere punito.

— Maledetto! — esclamò Drinker. L'uomo in nero alzò una mano per zittirlo.

— Skull non ha tutti i torti, Drinker. Spettava a te controllare le mosse del ragazzino mentre Skull preparava l'attacco.

Drinker aprì la bocca per replicare, ma l'uomo non lo lasciò parlare.

— Il Padrone è molto deluso.

I due non risposero.

— Errori del genere non saranno più ammessi.

Drinker e Skull abbassarono il capo, sempre in silenzio.

— Vi sarà assegnato un altro compito. Quando raggiungerete il Padrone nel suo covo, sarà lui stesso a illustrarvelo.

— Oh, grazie, grazie — esclamò Rummy, sollevato.

— E il ragazzo? — chiese Skull.

— Non è più affar vostro. Me ne occuperò io…

8
Il Nero

Il terrificante vortice d'aria che aveva ucciso Montmorency era risalito verso il cielo con furia, squarciando le nuvole che si frapponevano tra lui e la sua meta.

Simile a una vipera dalle mille spire venefiche, agguantava le nuvole candide, trasformandole in cupe nubi temporalesche.

Avvolse le pareti di roccia dell'Himalaya e con prepotenza spazzò via i monsoni che gli marciavano contro, finché non si ritrovò a volteggiare sull'oceano, annerendone le acque profonde.

Intrappolate nell'uragano, viaggiavano le ceneri di quello che un tempo era stato il villaggio di Spinn.

Poi, finalmente, la tromba d'aria cominciò a rallentare e a planare verso la sua destinazione: sul ciglio di una scogliera frastagliata, ritto tra la furia degli elementi a guidare la tempesta, stava il Nero.

Il suo viso era deformato da un'espressione di folle onnipotenza, le braccia tese verso il cielo, i palmi rivolti in alto, come ad attirare a sé ogni brandello di energia presente sulla Terra. L'iride dei suoi occhi scintillava gelida, la pelle era come di cera, le labbra nere.

Il vento gli portava finalmente ciò che più desiderava: le ceneri dei morti.

— Vieni, uragano! Obbedisci a chi ti comanda! Sciogli le tue spire e consegnami ciò che è mio.

Illuminato da una saetta, trasse le braccia a sé e il vortice seguì il movimento.

Il Nero si scostò: dietro di lui apparve una grande ampolla di vetro.

— Placa il tuo furore e consegnami quelle maledette ceneri!

L'uragano, ululando, obbedì. Con un tuffo preciso, guidato dall'energia oscura del Nero, si infilò dentro l'ampolla e si estinse.

Il Nero sorrise soddisfatto, mentre le acque del mare continuavano imperterrite a infrangersi con violenza contro la scogliera.

Poi rivolse la sua attenzione all'ampolla colma di cenere grigia.

Dalle pieghe dell'abito estrasse una piccola sfera in cui ribolliva un liquido viola. La ruppe tra le dita e lasciò cadere una goccia tra le macabre reliquie, nell'ampolla. Un filo di fumo nero si levò lentamente dalle ceneri.

La voce del Nero recitò un potente incantesimo. Le volute si agitarono in un vortice.

Il Nero tese di nuovo le braccia al cielo.

— Heloym! Sabaoth! Lilith! Heloym! Sabaoth! Lilith! Heloym! Sabaoth! Lilith! — ripeté per tre volte. — O potenti Signori delle forze del Male e sovrani degli Inferi! Donatemi la somma potenza, scuotete il mio corpo e concedetemi ciò che bramo. Io vi onorerò in eterno, versando sangue innocente sui vostri altari! E tu, Ecate:

O compagna e amante della notte,
tu che gioisci quando ululano i cani
e il caldo sangue è versato,
tu che vaghi con i fantasmi fra i sepolcri,
tu che hai sete di sangue
e trafiggi con gelido terrore il cuore dei mortali,
Gorgo, Mormo, Luna dai mille volti,
volgi a me propizio il tuo occhio!

Non appena il Nero tacque, la Terra fu scossa dalle viscere. Poi le nuvole si squarciarono, liberando verso di lui due fasci di luce nera.

— Sì, mia Divina, sì!

Lo stregone, investito da quell'energia sovrannaturale, gridava di dolore e piacere, mentre si imbeveva di forza oscura.

Tremante, stremato, sentiva ribollire dentro di sé una potenza nuova e incontenibile.

Si voltò verso il cumulo di cenere, tese le mani verso di esso e lasciò che dalle sue dita sgorgassero altre lingue di energia.

Qualcosa di informe si sollevò dalla cenere, contorcendosi e rivelando delle mani scheletriche. E poi emersero braccia, torsi, e poi altre braccia, teste e mani.

In pochi minuti, davanti agli occhi del Nero si dispiegò un'orda di esseri dalle sembianze umane. Ma non erano esseri umani, non più. Il colore della pelle tendeva lievemente verso un colore marcio e verdastro, e gli occhi vitrei sembravano fissare il vuoto. Le bocche delle creature rimanevano semi-aperte, come inebetite, rivelando denti giallognoli e affilati. La carne di quegli abomini era in avanzato stato di decomposizione, e tradiva la loro vera natura. Erano morti, eppure *vivi*.

Erano i suoi servi, il suo esercito, la sua Oscura Legione.

— Quando sarete affamati, saprò come saziarvi — sussurrò tra sé e sé il Nero.

9

Un vascello nella nebbia

Spinn venne svegliato bruscamente.

— Ehi, ragazzino. Tra un po' è il tuo turno — gli disse un pirata scuotendolo per le spalle.

Spinn impiegò un po' a ricordare che quella notte toccava a lui stare di vedetta.

— Ti conviene muoverti. Sottocoperta stanno già mangiando, e a Kook non importa se qualcuno rimane con la pancia vuota.

Kook era il cuoco di bordo, un uomo dal fisico tozzo e robusto. La sua capigliatura era fiammeggiante e anche i lunghi e folti baffi intrecciati avevano la stessa sfumatura arancione. Passava buona parte della giornata nella cambusa, dandosi da fare tra un pentolone e l'altro.

Spinn si affrettò sottocoperta, ancora barcollante e intontito.

Tutta la ciurma, capitano compreso, era lì ad abbuffarsi, tra risucchi, gorgoglii e rutti di soddisfazione. Kook riempiva le ciotole con mestolate di brodaglia marrone, senza accorgersi che una buona parte finiva sul pavimento, o sui suoi stivaloni.

Spinn afferrò una scodella e si fece strada tra quei pirati famelici. La brodaglia aveva un aspetto poco rassicurante, ma aveva troppa fame per fare lo schizzinoso.

Quando la sua ciotola fu piena e fumante, decise di risalire sul ponte.

La notte era vicina: la luce in cielo calava sul mare grigio come un lugubre sipario. Toccava a lui scrutare tra le tenebre.

Quando ebbe spazzolato la sua razione di cibo, il capitano Yellowbeard lo raggiunse.

— Mozzo, vedi quel puntino lassù? — disse indicando una piattaforma circolare in cima all'albero maestro. — È la gabbia. Devi salirci e stare di vedetta.

— E poi? — chiese Spinn.

— Se vedi qualcosa, suona la campana e dai l'allarme.

— Qualcosa di che tipo?

— Qualcosa. Buonanotte, ragazzo.

Certo. Buonanotte. La faceva facile, il capitano. — Capitano! — gridò. — E se arriva una tempesta?

— Che domande! Suona la campana e reggiti forte.

— E se cado di sotto?

— Muori.

"Dannazione a te" pensò Spinn.

Sospirando, si arrampicò sulle sartie fino alla gabbia e ringraziò il Cielo di aver fatto il ladro nella vita e di sapersi muovere come un gatto.

La gabbia non era altro che una sorta di bassa botte scoperchiata, con uno sportello che permetteva alla vedetta di chiudersi dentro, per limitare il rischio di precipitare e sfracellarsi di sotto.

Spinn respirò a pieni polmoni l'aria gelida della sera, godendosi il dolce rollio della nave. Stare in alto gli piaceva, c'era solo silenzio e brezza salmastra, invece che il lezzo fetido dei pirati.

Molti metri più in basso, sul cassero di poppa, Keepfit teneva la rotta reggendo ben saldo il timone con entrambe le mani. C'erano solo loro due in coperta.

— Ohi, tu di sopra! — gridò il primo timoniere. — Occhi aperti!

— D'accordo! — gridò Spinn di rimando.

Faceva freddo, là in cima.

Spinn sognava il tepore dei Caraibi e ripensava allo scopo del suo viaggio. Rabbrividì. Solo in quel momento notò una stuoia stesa sul fondo della gabbia, se la avvolse addosso e si strofinò le braccia contro il corpo per riscaldarsi un po'.

Poi decise di ripararsi, raggomitolandosi sul fondo della gabbia, per proteggersi dalla brezza gelida e insistente.

Sarebbe bastato sporgere fuori il capo di tanto in tanto, per dare una fugace occhiata in giro e controllare che tutto fosse a posto.

Il tempo cominciò a scorrere, lento.

C'era un silenzio spettrale.

Spinn percepiva a stento lo sciabordio dell'acqua sulla chiglia.

Gli sembrava di udire, lontanissimi, stridii di albatri in agonia.

"Impossibile" si disse. "Siamo troppo lontani dalla terraferma."

Si sporse al di fuori della gabbia.

Keepfit sembrava una statua di cera, innaturalmente immobile.

La bruma si era fatta via via più fitta, sempre più densa, sempre più avvolgente.

Spinn gridò in direzione del timoniere.

— Ehi! Siamo finiti in un banco di nebbia! Non vedo niente da quassù!

Ma non ebbe alcuna risposta. Il timoniere continuava a stare immobile, ben saldo al timone.

Spinn rabbrividì, ma non per il freddo.

Guardò nuovamente in basso, e il respiro gli si mozzò in gola. Non vedeva assolutamente nulla. Distingueva a malapena le sartie lungo le quali si era arrampicato. Sembrava di galleggiare nel vuoto, in una sorta di limbo grigio che a tratti emanava deboli bagliori argentati, risplendenti di un bianco lattiginoso.

Si rannicchiò sul fondo della gabbia, immobile.

Gli albatri continuavano a lanciare quegli acuti richiami, ma presto il loro canto rarefatto venne sostituito dalle grida stridule dei corvi.

Spinn osò sporgersi di nuovo, la nebbia si era in parte diradata e riusciva a scorgere il ponte.

Il suo volto si contrasse in una maschera di terrore: a terra giacevano dei cadaveri, in avanzato stato di decomposizione, e i corvi strappavano brandelli di carne dalle loro membra.

Spinn non riuscì né a gridare, né a distogliere lo sguardo.

Poi vide Yellowbeard.

Era in piedi ma barcollava, le gambe massacrate; si reggeva su una sciabola che grondava una sostanza nera e vischiosa.

Alzò lo sguardo verso di lui, e Spinn scorse due occhi scintillare da sotto il tricorno, dentro le orbite scarnificate.

— Spinn...

Sbavava liquido nero e, al suo passaggio, i cadaveri riprendevano vita e si rimettevano in piedi. Spinn realizzò di essere solo contro quei mostri che lo chiamavano, in un coro lugubre e diabolico, per attirarlo tra le loro schiere.

Li vide arrampicarsi rapidi sulle sartie e raggiungerlo, uno alla volta.

Spinn tentò di tenerli lontani dalla gabbia, cercando di spingerli giù perché si sfracellassero sul ponte, ma le mani che si allungavano per afferrarlo erano troppe.

Poi un dolore, lancinante, alla gamba destra: Yellowbeard gliel'aveva appena spezzata con un colpo di sciabola.

IO

Nave in vista

Spinn si svegliò di soprassalto da quell'incubo spaventoso.

La paura gli aveva accorciato il respiro, come se avesse corso a lungo. Non avrebbe dovuto cedere al sonno, aveva rischiato grosso. Per fortuna era ancora buio pesto, non doveva aver dormito poi molto. Udì un allegro fischiettio sommesso, e scorse il timoniere al suo posto.

Proprio in quel momento, Keepfit alzò la testa.

— Spinn! — gridò. — Tutto tranquillo?

— Come una tomba!

Tirò un sospiro di sollievo. Che cosa sarebbe successo se, addormentato, non avesse risposto al richiamo?

Nessuno gli avrebbe risparmiato una sana dose di frustate.

Si sistemò la stuoia sulle spalle, puntò i gomiti sul legno e si concentrò per scrutare più lontano che poteva. Presto fu costretto a cambiare posizione, e a cambiarla ancora, e ancora. Più volte gli parve che il fondo della gabbia lo chiamasse, invitandolo a stendersi sulle assi ruvide, ma resistette, e forse più del freddo lo tenne desto la paura.

Di tanto in tanto, il monotono sciacquio dell'oceano era rotto dalle grida del timoniere.

— Vedi qualcosa, Spinn? — chiedeva soltanto.

E Spinn si limitava a rispondere che no, non vedeva nulla.

Ripensò al momento dell'imbarco.

Non era passato neanche un giorno, ma a lui sembrava fossero trascorse settimane. Non avrebbe mai immaginato che navigare fosse così snervante, come se il tempo stesso si dilatasse.

Ma non aveva rimpianti. Sapeva di non aver lasciato nulla per cui valesse la pena restare, e aveva un obiettivo da raggiungere.

Erano salpati dalle coste dell'Inghilterra solo poche ore prima, ma per lui quella terra era ormai lontanissima.

I giorni continuavano a trascorrere lentamente, ma l'umore di Spinn era molto migliorato. Avevano raggiunto le acque equatoriali, il sole gli stava asciugando le ossa e il suo pallore naturale aveva già lasciato il posto a una prima abbronzatura da marinaio, mista a un po' di sudiciume piratesco.

Di notte, quando era il suo turno di vedetta, le stelle brillavano nel cielo. L'aria era tersa, e se scrutava l'orizzonte poteva spingere lo sguardo fino al punto più lontano.

Finché una sera la monotonia dell'orizzonte scuro

fu rotta da un elemento nuovo: a prua brillava un lumicino.

Spinn strizzò gli occhi. Dopo tutti quei giorni di inutile attesa, gli sembrava irreale. La luce andava e veniva, incerta, e poteva significare una sola cosa: si trattava di una nave.

Spinn si aggrappò alla campana e chiamò Keepfit.

— Ehi, c'è una nave a prua!

— Ne sei sicuro, Spinn?

— Vedo una luce all'orizzonte, troppo bassa per essere una stella! E troppo mobile per trattarsi di terraferma.

— Finalmente! Li raggiungeremo in un batter d'occhio! — esultò il primo timoniere. Ma Spinn non era convinto che fosse qualcosa di cui rallegrarsi.

II

All'arrembaggio!

Il capitano Yellowbeard era accorso sul ponte al suono della campana. Dalle falde del suo giaccone estrasse un pesante cannocchiale cerchiato d'oro.

— Buone notizie, capitano? — chiese eccitato Keepfit.

— Non saprei, avanza verso di noi molto lentamente.

— Come una vecchia tartaruga di mare?

— Sì.

— Dannazione, capitano, saranno carichi di bottino! — esclamò Keepfit fregandosi le mani.

— Oppure di artiglieria e palle di cannone.

L'entusiasmo si spense sul volto di Keepfit, per riaccendersi subito dopo.

— Al diavolo i cannoni, capitano! Non è certo la prima volta che affrontiamo un nemico meglio armato di noi.

— No, hai ragione, Keepfit — sghignazzò il capitano. — Racconta al ragazzino com'è andata l'ultima volta.

— Li abbiamo massacrati tutti, fino all'ultimo! Erano così dannatamente ostinati che ci hanno costretto a issare bandiera rossa.

Spinn sapeva che cosa volesse dire un vessillo rosso a bordo di una nave pirata: nessuna pietà, nessun prigioniero. Battaglia all'ultimo sangue.

E in genere a farne le spese erano gli equipaggi dei mercantili, mai abbastanza preparati, ma pronti a difendersi con la vita.

La *Seabelt* fendeva feroce le onde, senza esitare.

E mentre l'imbarcazione viaggiava verso la battaglia, Yellowbeard si diresse a prua con passi decisi, sguainò la sciabola e la puntò verso il vascello nemico.

— Ciurma! — tuonò. — Guardate quel vascello, guardatelo bene. Troppi giorni sono trascorsi da quando le nostre mani hanno stretto dobloni d'oro e gioielli preziosi! Ora però l'attesa è finita! Entro questa sera, vi prometto che potrete brindare in calici d'argento e cibarvi in piatti d'oro. Ma prima, uomini, dovrete lavarvi nel sangue. Nervi saldi e mano ferma! Colpite, affondate! Che i cuori nemici si spengano per sempre e riposino nelle profondità marine! A loro la pace, a noi le ricchezze!

Un roboante grido di approvazione di tutta la ciurma, a cui Spinn si unì d'istinto, suggellò il discorso del capitano Yellowbeard.

— Tutti in coperta, svelti! — ordinò Yellowbeard al sibilo della prima cannonata nemica. — Aprite i boccaporti!

Le palle di cannone piovvero intorno al vascello pirata, senza però riuscire a scalfirlo.

Yellowbeard si avvicinò a Keepfit.

— Attacco frontale — gli ordinò. Poi ancora, alla ciurma: — Prima che riescano ad aggiustare il tiro dei cannoni, le loro budella saranno servite ai pesci! Andiamo a prenderli!

La nave pirata virò di colpo. La prua adesso puntava dritta alla murata nemica di babordo. I due vascelli erano ormai fianco a fianco, e tentavano delle bordate ravvicinate.

Fu in quel momento, mentre il bastimento oscillava sotto i colpi nemici, che Yellowbeard, con la sciabola in pugno, gridò con voce roca: — All'arrembaggio, ciurma!

Muniti di robusti rampini, alcuni uomini dell'equipaggio cercavano di agganciarsi alla nave avversaria, mentre altri si lanciavano dalle sartie, appesi a robuste corde di canapa.

Spinn, dal canto suo, decise per il rampino. Ma si accorse che le mani gli tremavano, non riusciva a muoversi. Solo quando una pallottola gli fischiò accanto all'orecchio, finalmente si decise a reagire. Scagliò con forza il rampino verso la nave nemica e, non appena lo sentì ben fissato al parapetto del mercantile, si lanciò nel vuoto, aggrappato alla corda.

Si arrampicò velocemente lungo la cima e balzò sul ponte. Come in stato di ipnosi, cercò l'impugnatura della sciabola, ma le sue mani si chiusero sul nulla.

Mentre lo smarrimento gli stringeva lo stomaco, ricordò che aveva poggiato l'arma a terra prima di lanciare il rampino.

Con la coda dell'occhio, vide un'ombra calare su di lui, e mentre si gettava di lato, un dolore acuto gli strappò un grido di bocca. Spinn si accorse che il suo braccio sanguinava.

L'uomo che lo aveva ferito stava per ripartire all'attacco. Era un marinaio grosso e lento, che impugnava un'enorme ascia con un manico di legno. Spinn schivò anche il secondo colpo, ma inciampò su qualcosa di umido e morbido. Un cadavere. Il suo avversario, nel mancarlo, aveva colpito il corpo a terra, troncandogli di netto la testa dal collo. Quella rotolò, gli occhi spalancati, lungo tutto il ponte. Spinn individuò subito, poco distante, la spada del morto, alle spalle del suo aggressore.

Il marinaio attaccò ancora e riuscì a colpirlo di striscio, su una gamba. Spinn si portò una mano alla ferita, mentre sentiva il sangue che gli colava tra le dita. Non poteva più esitare. Con un balzo avventato, si gettò verso la spada. Scivolando sotto le gambe del grosso marinaio, grazie alle assi del ponte viscide di sangue, agguantò la sciabola con un unico gesto deciso, ignorando il braccio dolorante.

L'uomo tornò alla carica. Spinn, stringendo forte l'elsa, puntò la spada contro di lui.

Con orrore, vide l'ascia spezzare in due la spada e il frammento di metallo lucente volare via. Contemplò l'ormai inutile elsa che stringeva tra le mani. Cercò di rialzarsi, ma il dolore lancinante alla coscia lo inchiodò a terra.

Volse lo sguardo verso l'alto.

Il marinaio ghignava compiaciuto.

— Salutami i diavoli dell'inferno, piratucolo!

L'energumeno sollevò l'ascia. Spinn la vide abbattersi su di sé e chiuse gli occhi, in attesa che il colpo finale gli calasse sul cranio. Ma non accadde nulla. Stupito, schiuse le palpebre: il corpo colossale del marinaio zampillava sangue dal collo senza testa.

Alle spalle dell'uomo c'era un altro gigante, dai capelli rossi.

— O'Fire! Grazie al Cielo! — esclamò Spinn.

— Grazie a me, e lascia stare il Cielo! — rise O'Fire, porgendo a Spinn una sciabola. — Adesso, da bravo, sparisci dietro quelle botti e resta fuori dalla battaglia. Se proprio devi usare quella sciabola, che sia per difenderti — gli ordinò, e si rigettò nella mischia.

Spinn abbassò la testa, colpito nell'orgoglio. O'Fire l'aveva appena trattato come un inutile bamboccio.

Sforzandosi di vincere il dolore alla coscia, si mise al riparo come gli era stato ordinato e dal suo nascondiglio seguì il furioso combattimento.

D'un tratto un uomo, colpito da un pugno, volò proprio contro le botti che proteggevano Spinn, lasciando così il ragazzo allo scoperto. Sciabola in mano, Spinn si gettò d'istinto sull'uomo e lo colpì. Il sangue gli schizzò sui vestiti, mentre il volto del marinaio sbiancava fino ad assumere il colorito cereo della morte.

Aveva appena ucciso un essere umano. Si era macchiato del sangue di un suo simile, e forse non sarebbe più riuscito a lavarlo via.

Una bastonata alla schiena interruppe bruscamente i suoi pensieri, mentre cadeva bocconi sul pavimento.

"Dio, stavolta sono finito sul serio. Mi avessero ammazzato prima, almeno la mia anima sarebbe rimasta innocente... o quasi."

Qualcosa però lo agitò da dentro, come una fiamma, e prima che potesse essere colpito ancora, balzò in piedi come un gatto e si avventò contro il nuovo nemico.

Con un colpo netto recise la mano che stringeva il bastone, e con un affondo secco e preciso conficcò la lama all'altezza del cuore. Poi estrasse fulmineo la pistola dalla cintola dell'uomo che aveva appena eliminato e la puntò verso un nuovo avversario, colpendolo in piena fronte.

La battaglia non era ancora finita: un ostinato gruppetto di marinai del mercantile resisteva ancora, al centro del ponte, parando colpo su colpo e rispondendo al fuoco col fuoco.

Spinn, ormai allo stremo delle forze, si accasciò a terra. Cercò di resistere, ma aveva perso troppo sangue.

La scena intorno si tinse di strani colori, confusi, e poi all'improvviso si fece nera.

12

Blackmore

Ricordava ancora il giorno in cui si erano incontrati.

Lui, il capitano Blackmore, aveva appena finito di regolare i conti con un membro della sua ciurma, facendogli pagare con la vita uno sgarbo inaccettabile.

Stava ripulendo il pugnale tra le falde del mantello, quando vide un uomo emergere dall'ombra.

— Ottimo lavoro — commentò lo sconosciuto con voce melliflua.

Blackmore lo considerò solo un impiccione e lo liquidò con un'occhiata fugace, senza degnarsi nemmeno di rispondergli.

Ma a un secondo sguardo, Blackmore vacillò. Adesso il sole colpiva lo straniero in pieno viso, rivelando il suo ghigno orribile.

— Sei il capitano Blackmore, se non vado errato — continuò l'uomo, sempre con quel tono viscido e compiaciuto.

— Chi sei? Come sai il mio nome?

— Oh, mio caro Blackmore — rispose quello con tono più confidenziale, avvicinandosi di qualche passo — chi sono non ha importanza. Chi sei *tu*, e che cosa ti fa pulsare il cuore: ecco ciò che è davvero importante.

Il capitano sguainò la spada. — Non mi piacciono i giochetti, straniero.

Il tono dell'uomo cambiò ancora, facendosi severo.

— Riponi la spada nel fodero.

Il capitano si rese conto di aver indietreggiato senza volerlo, finendo con le spalle al muro. E quell'uomo adesso lo teneva all'angolo.

— Blackmore — lo chiamò, avvicinandosi ancora.

Non appena Blackmore incrociò il suo sguardo, sentì la mente riempirsi di immagini, visioni di morti e tesori sanguinanti, di cadaveri in putrefazione e vascelli in fiamme, e vide due fratelli scontrarsi fino alla morte, una clessidra immensa e un lampo abbagliante.

E infine percepì il Potere come non l'aveva mai sentito, ne colse la materia, il fascino, assaporò la sostanza più pura del Male. Dopodiché si accasciò a terra, stremato.

— Sì, Blackmore! Sì! Quello che hai visto è ciò che ti aspetta, se mi seguirai. Il Potere! Se mi onorerai e non mi tradirai, nemmeno la morte potrà nulla contro di te.

Ma il capitano Blackmore tremava impaurito, in un angolo, rotolandosi nel fango, come impazzito.

— Mio povero Blackmore! — disse l'altro in tono derisorio. — Non capisco cosa ti spaventi. Sappiamo entrambi quali sono i tuoi desideri.

— Ho un figlio, che ne sarà di lui? — Era pallido, sudato, e a stento riusciva a tirar fuori le parole.

— Penserò a tutto io. Non è diverso da te e non ci deluderà.

Blackmore sentì una folata di vento e si ritrovò schiena a terra, sul selciato. Sopra di lui, in cielo, vide due enormi battenti spalancarsi sull'incubo. Le porte degli Inferi si aprirono davanti ai suoi occhi e, dritto sulla soglia, lo straniero lo invitava a entrare, le mani protese verso di lui, simili ad artigli.

— Vieni, Blackmore! La strada del tuo destino termina qui.

I dannati lo circondavano, spaventosi e suadenti. E anche loro lo chiamavano, mille voci unite in un unico coro.

— *Vieni con noi, Blackmore, vieni...*

Poi Blackmore lo vide: il pirata che aveva sgozzato poco prima.

— L'hai riconosciuto, Blackmore? Pensa: uccidere un uomo e possederne anche l'anima dannata. Varca la soglia! Andiamo!

E Blackmore obbedì.

Una piacevole, corroborante sensazione di energia e onnipotenza scosse ogni particella del suo corpo, tramutando l'orrore in una dolce e consapevole soddisfazione.

Blackmore era tornato a bordo del suo galeone.

Aveva provato un perfido e sottile piacere nel terrorizzare quei due pirati da strapazzo. Skull e Drinker non erano altro che inutili sottoposti, sapeva che il Padrone avrebbe ricompensato soltanto lui.

Entrò nella sua cabina e si accorse subito che il vassoio di platino sul tavolo luccicava.

Era il segnale. Allungò la mano verso una bottiglia contorta, la stappò e versò un sottile strato di liquido blu sul vassoio.

Poco dopo, tra spire di vapore, il liquido prese vita, finché ogni singola goccia si unì a ricomporre l'effigie terrificante del Nero.

13

Tempesta!

Spinn si svegliò in un bagno di sudore. Impiegò un po' prima di capire che non era rimasto intrappolato in un intrico di liane, ma sotto un manto di pesanti coperte.

Era sul punto di balzare in piedi, quando si accorse di essere sdraiato su un letto, non una branda, ma un letto vero. Poi notò che aveva la gamba e il braccio fasciati, e le scene della battaglia gli tornarono vivide alla memoria. Se si trovava lì, i suoi compagni dovevano aver avuto la meglio sui nemici.

Puntellandosi sulle mani, Spinn cercò di rimettersi in piedi, ma gli girò la testa e fu costretto a sdraiarsi di nuovo. Era davvero debole.

Credeva che in battaglia la regola fosse vivere o morire. Ma così, ferito e convalescente, si sentiva inutile, un peso per l'equipaggio.

La porta della cabina si aprì, ed entrò Goldmerry.

— Cosa si prova a fare tre passi verso l'inferno?

— Direi che ci sono dentro, all'inferno. Sento un caldo insopportabile.

— Smetti di lagnarti e seguimi — replicò Goldmerry con uno sbadiglio.

Spinn sbuffò.

— Non mi reggo in piedi.

— Vuol dire che ti sosterrò io.

— Tu? Ma non farmi ridere, Goldmerry! Le tue ossa scricchiolano quando cammini.

Il vecchio sorrise, sfoggiando un paio di molari a ventiquattro carati.

— Se la memoria non mi inganna, eri tu quello svenuto a terra, durante la battaglia.

Spinn abbassò lo sguardo, colpito nel vivo. Non rispose, e si lasciò guidare su per gli scalini, fino al ponte.

Caldi raggi di sole inondarono il pallido viso di Spinn, che fu costretto a socchiudere gli occhi, abbagliato.

— Benvenuto ai Caraibi, ragazzo.

Ecco cos'era quel caldo... Erano arrivati; finalmente il loro vascello solcava le calde acque tropicali.

— Fantastico — fu l'unica cosa che Spinn riuscì a dire.

— Goditi la villeggiatura! I feriti qui da noi vengono rimpinzati come maiali all'ingrasso.

Spinn rimase qualche minuto sul ponte a farsi accarezzare il viso dal sole caldo e a rimirare l'azzurro limpido dell'acqua e del cielo.

Poco dopo, però, dovette ridiscendere a riposarsi, stremato dalla breve gita sul ponte.

Spinn si rimise in sesto in pochi giorni, grazie soprattutto ai manicaretti di Kook, e lasciò il suo letto comodo per tornare al lavoro. Ricominciò a ramazzare il ponte di giorno e a fare i turni di vedetta di notte, in cima all'albero di maestra.

Di tanto in tanto l'equipaggio sbarcava su qualche atollo per fare provviste di frutta, acqua fresca e selvaggina. Spinn era quasi felice.

Ma su di lui gravava sempre quel giuramento che aveva fatto da bambino: ritrovare suo fratello. Quella promessa era troppo importante perché potesse dimenticarla.

E comunque stare a bordo della *Seabelt*, circondato da quei tutto sommato simpatici filibustieri, cominciava a piacergli.

Ascoltava i consigli di O'Fire e le barzellette sporche di Keepfit, ed era spassoso vedere Kook imbestialirsi quando la ciurma cercava di sgraffignare qualcosa dalla sua cambusa. Perfino battibeccare con Goldmerry era diventato un allegro passatempo. E, soprattutto, si trovava nei mari selvaggi e limpidi dei Caraibi. Il grigiore delle nebbie inglesi ormai era solo un ricordo.

Senza alcun preavviso, l'acqua si rovesciò copiosa dalle nubi, mentre il crepitio di un lampo e il boato di un tuono segnarono l'inizio della tempesta.

Yellowbeard era salito sul ponte e gli uomini aspettavano ordini.

— Ammainate le vele, smidollati! Spero che sappiate ballare, perché tra poco qui ci sarà da divertirsi. Voi, là in fondo, assicuratevi che nulla resti in coperta! Se qualcosa finisce in mare me la ripagherete in frustate!

Spinn cominciò a correre da una parte all'altra del

ponte, trasportando tutto quello che trovava fino al boccaporto più vicino, dove passava ogni cosa giù nella stiva.

Il vento sibilava tra le sartie, mentre le onde scure si gonfiavano sotto lo scafo del vascello.

— Dannazione! Muovetevi! E tu, Keepfit! Ti sembra quello il modo di tenere il timone? Levati di torno, lascia fare al tuo capitano, che Dio ti fulmini!

Yellowbeard sembrava in preda a una sorta di esaltata frenesia.

— Avanti, demoni del mare, fatemi vedere che cosa siete in grado di fare! Soffiate, venti! Piegate il capo di questo vecchio capitano, se vi riesce! Mi fate il solletico, con le vostre raffiche! Mia madre era meno dolce quando mi accarezzava!

Spinn aveva sospettato fin dal primo momento che il capitano Yellowbeard fosse un po' suonato, ma mai come in quel momento aveva avuto la certezza di trovarsi di fronte a un folle in piena regola.

La pioggia battente si illuminava nel fragore dei fulmini, mentre le onde cercavano di disarcionare il capitano Yellowbeard dal timone del suo veliero.

— Reggetevi alle cime, marmaglia! — gridava. — Non vengo a riprendervi, se Davy Jones decide di portarvi con sé!

Spinn era sempre più convinto che le cose si stessero mettendo davvero male.

— Spinn! Svelto! Sottocoperta!

Era O'Fire, che faceva capolino dal boccaporto.

— Avanti! Muoviti! Vuoi finire in acqua?

Spinn si guardò attorno e vide che non c'era più nessuno. Ipnotizzato dall'esaltazione di Yellowbeard, non si era accorto che tutta la ciurma aveva abbandonato il ponte per rifugiarsi sottocoperta.

Maledisse il capitano e si gettò di corsa attraverso il ponte, per raggiungere il boccaporto. La nave rollò paurosamente a babordo, scaraventando il ragazzo verso il parapetto, a un passo dagli abissi. Bagnato fradicio, riprese a strisciare velocemente verso il boccaporto, quando un'onda colossale si infranse sul ponte del vascello.

— Spinn! — gridò O'Fire.

L'urto era stato così violento che per qualche istante Spinn aveva perso l'orientamento, mentre la *Seabelt* continuava a rollare e beccheggiare, quasi priva di controllo. Appoggiato all'albero di maestra, con gli occhi e i polmoni irritati dalla salsedine, non riusciva a smettere di tossire. Poi scorse il boccaporto spalancato e O'Fire e Goldmerry che lo incitavano a muoversi.

Spinn raccolse tutte le proprie forze e si fece strada lungo il ponte, mentre O'Fire e Goldmerry gli lanciavano una fune, che con un ultimo balzo lui riuscì ad afferrare.

O'Fire trascinò il ragazzo verso l'apertura, aiutato da Kook e Keepfit, mentre Goldmerry li incitava con la sua voce stonata.

— Avanti! Non lasceremo agli squali un bottino tanto ossuto!

Un attimo prima che un'altra onda lo travolgesse, Spinn fu in salvo, accolto dalla ciurma in festa.

14

In caccia

La *Daemon* era in caccia.

Il Nero era stato molto chiaro: lo voleva vivo.

La cattura di Spinn rivestiva un'importanza fondamentale nei piani del Padrone, Blackmore l'aveva capito, ma si era guardato bene dal fare domande. Non era mai una buona idea impicciarsi.

Conosceva molto bene i mari dei Caraibi, solcava quelle acque da anni. Erano state teatro di molti degli attacchi che aveva sferrato alle navi mercantili, attacchi che gli avevano regalato una certa fama anche presso la Marina Inglese, la quale aveva più volte cercato di portarlo sulla forca.

Da quando s'era unito al Nero, però, era sparito dalla circolazione insieme al suo equipaggio.

Per i primi mesi non c'era stata taverna in cui non si facessero ipotesi sulla sua misteriosa scomparsa, ma nessuno conosceva la verità. Qualcuno diceva che fosse naufragato al largo di Caracas, qualcun altro affermava che avesse deciso di ritirarsi per godersi i suoi immensi tesori.

E invece, Blackmore era diventato un assassino silenzioso che attraversava i Sette Mari rapido e invisibile. Se il Nero ordinava di distruggere una nave, lui eseguiva l'ordine. Si divertiva quando alle sue orecchie, da terra, giungevano notizie preoccupate per le misteriose sparizioni delle navi e i marinai terrorizzati tiravano fuori antiche leggende spaventose.

Questa volta, però, l'ordine del Nero era diverso e bisognava agire subito.

Era notte fonda, e sopra la *Daemon* le stelle sembravano rifiutarsi di splendere.

Blackmore percorse il ponte a passi lenti e regolari e, giunto a prua, gettò un'occhiata nel buio. Poi tornò indietro, al castello di poppa, allungò la mano destra verso una piccola campana d'ottone e la scosse con un gesto deciso.

Dopo pochi istanti, la ciurma cominciò a emergere, efficiente e silenziosa. Senza che Blackmore pronunciasse una parola, gli uomini si diedero da fare per spiegare le vele, tirare le scotte, andare alla barra.

Così, guidata da quell'equipaggio di uomini lugubri, la *Daemon* si mise in caccia, turbando le acque sotto una brezza che soffiava ora più forte, come un alito di morte.

Un canto tetro si alzò dalle voci dei marinai, un canto che prediceva eventi non troppo lontani nel futuro.

15

In quel di Tortuga

Per fortuna O'Fire l'aveva preso al volo, altrimenti sarebbe capitombolato sottocoperta rischiando di fracassarsi l'osso del collo.

Spinn, che fin da piccolo aveva avuto a che fare con la morte, cominciava ad abituarsi al rischio e persino all'atteggiamento apparentemente folle di Yellowbeard.

Non bastavano infatti il coraggio e la determinazione per fare il pirata; prima di tutto servivano l'imprudenza e l'amore per le imprese audaci, anche per quelle impossibili. Era necessaria una certa sfrontatezza nei confronti della Nera Signora, considerata dai pirati una compagna di viaggio, al pari degli altri membri della ciurma.

Nel frattempo il rollio si era placato finché la *Seabelt*, sfuggita alla furia del mare, non riprese stabilmente la navigazione.

Ma l'equipaggio non fece in tempo a rilassarsi che il capitano Yellowbeard infilò la testa giù nella botola, per impartire nuovi ordini.

— Che diavolo fate, rammolliti? All'argano! E voi,

alle sartie! Voglio vedere le vele scintillare al sole! Muoversi, muoversi! Sono stufo di stare in ammollo su questa vecchia tinozza. Sbrigatevi!

Dopo lunghissimi giorni di navigazione, stavano finalmente per approdare a Tortuga, l'Isola dei Pirati.

Una mano si posò sulla spalla di Spinn, la mano del buon vecchio O'Fire.

— Devi stare molto attento, a terra. Ci sono ladri, assassini, bari e imbroglioni. E soprattutto molta gente che ha voglia di attaccare briga.

— Farò attenzione.

— Meglio per te.

Era sera, quando la *Seabelt* raggiunse finalmente l'isola. Il porto pullulava di imbarcazioni che battevano bandiera pirata.

— Benvenuti a Tortuga, cani! — gridò il capitano Yellowbeard.

E la ciurma, cantando, imprecando e sghignazzando, scese a terra, accolta dal suono di un ukulele scordato e di una fisarmonica stonata.

Spinn, sospinto da quella festante onda umana, si ritrovò senza quasi accorgersene tra gli intricati viottoli di Tortuga.

Il selciato era imbrattato di liquami di ogni sorta, e non c'era strada che non fosse ingombrata almeno da un ubriaco, un morto o una rissa.

L'aria era satura di eccitazione e allegria, che esplodeva fuori dalle taverne e dalle bettole.

Spinn, dopo avere vagato senza una meta, si infilò

in una di queste, dalle cui finestre filtravano le note di una famosa ballata pirata, *Blood Red Roses*.

Non appena varcò la soglia, una scalcinata orchestrina attaccò *Lowlands Low*. I pirati si scatenarono nei balli, cantando a squarciagola e alzando di tanto in tanto i bicchieri ricolmi di rum per brindare.

Spinn restò da parte, intimorito dalla baraonda. Qualcuno gli mise in mano un bicchiere appiccicoso e pieno di rum, che gli bruciò la gola quando lo mandò giù in un solo sorso, imitando gli altri.

Un pirata dal viso rubizzo e sudato, evidentemente sotto l'effetto dell'alcol, saltò sul bancone dell'oste, batté forte un piede e impose il silenzio.

— Venite tutti qui attorno a me, da bravi. Anche tu, ragazzino — disse indicando Spinn. Dava enfasi a ogni parola, agitando qua e là il suo bicchiere. — Ebbene, abbiamo ballato e ci siamo divertiti, e che possa finire impiccato se dopo questo discorso non vi offrirò un doppio giro di rum!

Un grido d'approvazione si sollevò da tutta la marmaglia.

— Sono pronto a scommettere, amici miei, che tra di voi ci sono almeno dieci cantastorie smidollati. Troppo facile starsene con il sedere al caldo, e cantare poi quel che gli altri hanno rischiato. Quello che voglio raccontarvi io, invece, l'ho visto con i miei occhi. Ed è solo una gran fortuna se ora posso condividere con voi questa avventura.

Il pirata bevve un lungo sorso, poi tornò alla sua storia.

— Ero in cima all'albero di maestra e il mare era calmo, ma così calmo che un morto seppellito non potrebbe essere più calmo, e i miei occhi erano prossimi a chiudersi dalla noia. A destarmi dal mio torpore fu ciò che tutti noi pensavamo fosse perduto per sempre.

— Insomma, ma che vai blaterando? — gridò qualcuno, stanco delle chiacchiere di quell'ubriacone.

— Bada a come parli, testa pelata, perché quello là potrebbe vederti luccicare al chiaro di luna e venire a prenderti.

— Fandonie!

— Sto dicendo la verità. Il capitano Blackmore è tornato. La *Daemon* ha ripreso a solcare i mari, che il Cielo ci aiuti!

Nella taverna calò il silenzio. Solo Spinn, a quanto pareva, non aveva idea di chi fosse il capitano Blackmore.

Dopo l'attimo di smarrimento, i commenti esplosero incontrollati.

— Tacete, malnati! — riprese il narratore. — Non è finita qui. La *Daemon* è stregata. Ci hanno assalito in silenzio, come monaci neri in processione. E quando qualcuno di noi li trapassava da parte a parte, non emettevano un solo lamento, si accasciavano senza fiatare, neanche fossero già fantasmi!

— Al diavolo, ubriacone! Sei sicuro che fosse lui? — gridò il pirata pelato.

— Puoi scommetterci gli ultimi due capelli che hai in testa.

— E come facciamo a crederti?

— Se non lo fate, sarà peggio per voi! Ci ha massacrati come insetti. Quello è tornato dalla terra dei morti per vendicarsi, datemi retta.

Tutti, nella locanda, trasalirono. La festa ormai era guastata.

La notizia che il capitano Blackmore fosse tornato si sparse velocemente, correndo di bocca in bocca. Ma che la sua *Daemon* puntasse dritta su Spinn, questo non lo sapeva nessuno.

16

Trame nell'ombra

Spinn aveva altre cose a cui pensare. Era rimasto nella taverna, non aveva fatto domande in giro e sentiva che la sua ricerca era a un punto morto.

La paura per il ritorno di Blackmore durò solo poche ore. Poi, come era nelle abitudini di Tortuga, tutti tornarono a gozzovigliare.

Spinn era stato molto colpito dal racconto del pirata ubriacone, ma non sapeva niente di questo Blackmore e tutto ciò che gli interessava era la sua promessa, una promessa che doveva mantenere.

Ormai esausto, era uscito dalla locanda e girovagava per la città. Senza rendersene conto, si ritrovò in un vicolo oscuro, quando sentì una voce che lo chiamava.

— Ehi, tu! Ragazzino!

Spinn si voltò, allarmato.

— Chi è?

— Ssst! Tieni a bada la voce. Non devono sentirci.

Un vecchio dalla lunga barba bianca, con la schiena curva, emerse dal buio, appoggiato a un lungo bastone nodoso. I suoi occhi erano senza pupille. Era cieco.

Spinn indietreggiò, senza perderlo di vista. Indossava un mantello con un bizzarro ricamo. Poi il ragazzo, malgrado l'oscurità, comprese di che cosa si trattasse: era l'immagine, seppur molto stilizzata, del palmo di una mano ferita, squarciata da un taglio verticale. "Strano vecchio" pensò.

— Non aver paura. Io posso aiutarti!

— Tu non sai niente di me. Nemmeno mi vedi. Cosa vuoi? — replicò Spinn, sempre più diffidente.

— Mi chiamo Elia, e ti ho riconosciuto. Lui si è smarrito tempo fa, proprio come adesso ti stai smarrendo tu — insistette il vecchio, allungando una mano. Spinn la schivò e arretrò di qualche passo.

— Tornatene a bere e lasciami in pace, vecchio — gli disse. Poi gli voltò le spalle e si allontanò. Ma mentre usciva dal vicolo, fu colto da un pensiero. Possibile che il vecchio avesse conosciuto suo fratello?

"Oh, al diavolo!" si disse, e tornò sui suoi passi. Ma di Elia non c'era più traccia. Era svanito, come uno spettro. Spinn, stanco e assonnato com'era, temette di esserselo solo immaginato. Di sicuro aveva perso l'orientamento. Si era allontanato troppo dalle vie principali e adesso gli sembrava di girare in tondo, intrappolato in quel dedalo di viuzze buie.

Cercò di ascoltare le voci, ma il rumore era distante. La sua unica compagnia erano i sinistri squittii dei ratti.

Il battito del suo cuore accelerò.

Il sonno in compenso aveva allentato la presa, spazzato via dalla paura improvvisa, e questo l'aveva reso più cosciente.

Ogni stradina sembrava condurre in profondità ancora più buie e anguste, ma Spinn continuò ad avanzare.

Era l'unica cosa che poteva fare. I muri parevano stringersi, come a volersi chiudere su di lui, mentre il buio lo avvolgeva simile a un mantello sempre più spesso.

Fu allora, mentre le lacrime premevano agli angoli degli occhi, che il giovane pirata avvertì intorno a sé degli strani spostamenti d'aria.

Con lo sguardo frugò nelle tenebre, senza esito.

C'era qualcosa lì, ne era sicuro, ma non riusciva a scorgere niente. Poi sentì come un sussurro, rapido e fugace.

Si voltò di scatto. Nulla.

— Chi è? — gridò Spinn. — Fatti vedere!

La paura si era ormai impadronita di lui. Qualcosa si muoveva nell'aria quella notte, a Tortuga. Accelerò il passo, finché, sopraffatto dal terrore, gettò un grido disperato e prese a correre alla cieca in quell'intrico di passaggi.

Ricordava le parole del vecchio: "Lui si è smarrito tempo fa, proprio come adesso ti stai smarrendo tu!"

Poi, in lontananza, riecheggiò una voce vigorosa.

Durò solo un attimo. Istantaneamente, dalle tenebre si sprigionò un bagliore cinereo, un raggio di energia corrotta. E al bagliore seguì un grido di dolore, atroce, lanciato dalla stessa voce che era risuonata qualche attimo prima.

Elia cadde a terra, ma prima che il suo avversario potesse assestargli il colpo finale, si rimise in piedi con un balzo felino, lasciando che dal suo bastone si sprigionasse un altro raggio di energia.

Erano in due, quei maledetti. Uno ce l'aveva alle spalle e barcollava, semiparalizzato dalle ferite che gli aveva inferto. Ma l'altro stava mettendo a dura prova le sue abilità.

Elia sapeva che non avrebbe potuto resistere a lungo. Se si reggeva ancora in piedi, era perché sperava di ingannare il suo avversario.

Se quei due erano lì, questo significava che le sue supposizioni erano esatte.

Si voltò di scatto, sprigionando un altro lampo.

Sentì il cadavere dell'uomo abbattersi a terra. Fuori uno.

Poi avvertì un colpo alle spalle, e delle ustioni propagarsi per tutto il corpo.

L'altro. L'altro l'aveva colpito a tradimento.

Infine accadde qualcosa. Dei passi veloci risuonarono sul selciato, e quel maledetto scappò via, lasciando Elia a terra.

Quando Spinn lo raggiunse, ormai non c'era più nulla da fare.

L'uomo giaceva immobile a terra, raggomitolato su se stesso, con il simbolo del mantello lacerato.

Il bastone, pochi metri più in là, era frantumato in schegge aguzze.

Spinn si avvicinò al vecchio, lo voltò lentamente e gli resse il capo canuto tra le mani. Era privo di conoscenza, forse era morto. La veste a brandelli mostrava delle ferite orribili su tutto il corpo. Spinn adagiò la testa di Elia sul selciato. Che cosa stava succedendo?

Nella via risuonarono dei passi. Spinn corse a nascondersi dietro una catasta di legna. Un uomo grande e imponente si avvicinò. Camminava guardingo ma deciso. Ogni passo sembrava prudente, era l'andatura di qualcuno che aveva capito che qualcosa non andava.

Spinn vide l'uomo chinarsi su Elia e prenderlo in braccio. Proprio mentre si rialzava, un raggio di luna illuminò il suo volto.

Spinn ebbe un tuffo al cuore.

Era O'Fire.

O'Fire, il *buon* O'Fire, il *saggio* O'Fire. Cosa c'entrava con questo mistero? Nascondeva qualcosa, era evidente. Spinn si rese conto d'aver commesso un grosso errore nel fidarsi di quella gentaglia, ingannato dalla loro vivacità. In fondo, erano e restavano sempre pirati.

Attese nell'ombra che O'Fire si allontanasse quel tanto che bastava per seguirlo senza farsi notare.

L'atmosfera nel frattempo si era alleggerita. Le strade erano sempre buie, ma la sensazione angosciosa e opprimente di prima era svanita.

In pochi minuti riemersero nel centro della cittadina e di nuovo Spinn fu travolto dalla calca.

O'Fire e il vecchio scomparvero tra la folla.

Ma Spinn non si disperò. O'Fire sarebbe tornato alla nave, e lui avrebbe avuto tutto il tempo di scoprire quale fosse il suo segreto.

O'Fire, circondato dai suoi tre compagni, adagiò il corpo esanime del vecchio su una branda. Respirava ancora, fortunatamente.

— Com'è successo? — chiese Keepfit.

— Non lo so. Se solo non fossi arrivato in ritardo all'appuntamento, maledizione!

— Non è colpa tua — lo consolò Kook. — Come potevamo sapere?

— Già — convenne Goldmerry. — Almeno hai fatto in tempo a salvarlo.

O'Fire stava per rispondere, quando sentì una forte stretta all'avambraccio.

Le dita di Elia si muovevano ancora.

— Elia, vecchia corteccia! Sei vivo!

Ma quello, prima di rispondere, mosse più volte le labbra a vuoto, incapace di emettere alcun suono.

— Presto, dell'acqua! — ordinò O'Fire, e Keepfit subito gli porse una brocca. O'Fire bagnò appena le labbra al vecchio.

— Erano in due... — balbettò Elia. — E volevano sottrarmela...

— Cosa? Di che parli?

— Di questa... — e faticosamente tirò fuori una vecchia pergamena dalle pieghe della veste.

O'Fire sgranò gli occhi. — Quella?

Elia annuì appena, poi abbandonò il capo sul cuscino. — È la mappa. Devi tenerla al sicuro.

— Ma perché? Cos'ha di speciale? — chiese O'Fire concitato.

Elia ammiccò verso la pergamena. — Aprila...

Lo scozzese obbedì. Sul suo volto si dipinse un'espressione indescrivibile. — Ma non può essere, è solo una leggenda...

Elia scattò: — O'Fire! Non essere sciocco. Tu conosci il potere delle leggende meglio di chiunque altro.

L'uomo chinò il capo. — Sì, ma questa è...

— Che tu ci creda o no, nascondila — lo interruppe il vecchio con un sospiro stanco. — Qualcosa di oscuro e potente vuole scuotere le fondamenta del mondo, e ha già cominciato la sua opera. Interi villaggi sono andati distrutti e uragani innaturali si sono scatenati. Corsaired è vivo, è tornato dal regno dei morti. Ho assistito alla sua esecuzione, e alla sua resurrezione. Ha invocato il Signore Oscuro e la Clessidra. Mai come ora siamo in pericolo. E dobbiamo restare uniti.

O'Fire e gli altri si guardarono.

Elia continuò. — Sapete bene che cosa potrebbe accadere se la mappa finisse nelle mani sbagliate.

Annuirono. — Va bene, la custodiremo a costo della vita. Ma adesso riposati, Elia.

— No! C'è dell'altro. Quel ragazzo che è imbarcato con voi.

— Spinn?

— Porta *qualcosa* con sé, un destino: potrebbe essere la nostra salvezza — sospirò — o la fine di tutto.

17

Di nuovo in viaggio

Spinn passò il resto della nottata appollaiato su una botte. Non aveva nessuna voglia di dormire in una locanda piena di assassini e tagliagole, soprattutto ora che lo strano comportamento di O'Fire gli aveva lasciato un senso di inquietudine.

Il chiasso a Tortuga non cessava mai e ogni volta che Spinn si addormentava, veniva subito risvegliato. Solo alle prime luci dell'alba i pirati andarono a dormire, vinti dagli effetti devastanti dell'alcol.

Un raggio di sole lo svegliò, appena prima che la voce di O'Fire giungesse alle sue orecchie.

— Spinn! Finalmente ti ho trovato.

Il ragazzo dissimulò il suo malessere con uno sbadiglio.

— Hai fatto nottata, eh? Te l'avevo detto di non stancarti.

— E tu che hai combinato, O'Fire? — lo provocò.

— Sono stato in giro... — rispose vago lo scozzese.

— Anch'io. Ho ascoltato una bella storia da un pirata ubriaco.

— Solo una? — lo interruppe O'Fire ridendo. — Qui a Tortuga i pirati ascoltano almeno sei, sette storie alla volta e ne raccontano altrettante.

— Be', ho preferito perlustrare la città. Mi sono ritrovato in viuzze così buie e intricate da non riuscire a venirne fuori.

O'Fire sussultò. Sussultò in modo così impercettibile che nessuno l'avrebbe notato.

— Stanne alla larga, Spinn. Sono pronto a credere che qualche fantasma di pirata vaghi da quelle parti.

— Io credo che sia solo un rifugio di ladri e assassini, che sfruttano la fama del luogo per nascondersi e depredare gli sprovveduti che si smarriscono — insistette il ragazzo.

O'Fire parve non capire. — Ti hanno derubato?

— No. E comunque avrebbero avuto poco da prendere — rispose Spinn mostrando le tasche, vuote e bucate.

— Come ne sei venuto fuori?

— Mi sono lasciato guidare dal mio angelo custode.

Era ormai mattino inoltrato, quando Spinn vide stagliarsi in lontananza la figura del capitano Yellowbeard. O'Fire l'aveva lasciato solo da un pezzo.

— Tu! Piccolo perdigiorno!

Spinn rimase interdetto.

— Oggi pomeriggio si salpa, non più tardi delle cinque! Dove sono tutti gli altri?

— Non ne ho idea, capitano.

— E O'Fire, quello scozzese pidocchioso?

— Era qui, ma non so dove sia finito adesso — rispose Spinn.

— Dobbiamo ritrovarli.

— Agli ordini, capitano.

Yellowbeard si mise in cammino e Spinn lo seguì. Entrarono in ogni bettola, in ogni locanda e, un membro alla volta, ricostituirono la ciurma. Nel primo pomeriggio, all'appello mancavano solo O'Fire, Kook, Keepfit e Goldmerry.

Questa assenza di gruppo insospettì Spinn. Quei quattro erano molto affiatati. Forse condividevano lo stesso segreto...

Yellowbeard e la ciurma avevano ormai perlustrato buona parte delle abitazioni di Tortuga, quando finalmente scovarono O'Fire e gli altri seduti attorno a un tavolo, in fondo a una taverna, impegnati in una fitta conversazione.

Spinn captò alcune parole. C'era lui, in mezzo a quel discorso, o quantomeno il suo nome.

— Uomini! — gridò loro Yellowbeard, cogliendoli di sorpresa. — Che avete da confabulare? — chiese sospettoso.

— Stavamo parlando di donne, signor capitano — rispose Goldmerry, togliendo i compagni dall'imbarazzo.

— Argomento di cui voi tutti sapete ben poco, bambocci — replicò il capitano con un ghigno. — Gambe in spalla, abbiamo le casse da stivare. Tutti al porto! Si salpa entro un'ora!

18

Conversazioni

— Quell'idiota ormai lo avrà raccontato a tutti. Tremeranno nel sapere che sono tornato, e molto più forte di prima. Niente mi può più fermare! E questo, mio Padrone, lo devo a voi e alla vostra potenza.

Blackmore rivolse un umile sguardo al vassoio di platino sulla cui superficie, nitidamente, si stagliava la figura del Nero.

— Bene, Blackmore — disse questi, accarezzando l'anello che portava al dito. Sulla sommità del gioiello risplendeva un magnifico cristallo nero, tagliato come un diamante. — Come procedono le tue ricerche?

— Mio Signore, mi metterò sulle tracce del ragazzo il più presto possibile — rispose Blackmore. — Non posso espormi troppo, devo muovermi con cautela. A meno che voi, Padrone, non mi concediate di usare qualcuno di quegli incantesimi che ho appreso...

— MAI! Non osare rivelare la mia presenza! Il mio ritorno dovrà avvenire in modo del tutto inatteso — si adirò il Nero. — Già questa notte, a Tortuga, un uomo al mio servizio è stato ucciso in un combattimento magico. Non posso più permettermi errori.

"Corsaired è resuscitato davanti a migliaia di persone, e a me non è consentito nemmeno un sortilegio per salvarmi la pelle. Maledizione!" pensò Blackmore, guardandosi bene dal parlare.

— Ricorda, Blackmore, il ragazzo! — continuò il Nero, ignaro dei sentimenti del suo servo. — Vivo, mi raccomando. Lo voglio vivo!

— Va bene, Padrone. Sarà fatto.

Le gocce che componevano la faccia del Nero evaporarono lentamente, riportando l'immagine allo stato liquido.

19

Questione d'onore

La *Seabelt* prese il largo al tramonto, la stiva carica di cibo, acqua e legname. Navigava tranquilla su un mare appena increspato da una leggera brezza. Spinn ripensava a tutte le emozioni della battaglia e alle sorprendenti scoperte tra i vicoli di Tortuga. Non riusciva a togliersi dalla testa la frase di Elia. A chi si riferiva? E soprattutto, come aveva fatto a riconoscerlo se era cieco?

Spinn guardava il cielo stellato, il vento che gli scompigliava leggero i capelli. Per un attimo ripensò a O'Fire, a quanto lo credesse leale, mentre in realtà nascondeva un segreto, ed era coinvolto nella morte dell'unico uomo che sembrava sapere qualcosa riguardo a suo fratello. Questo pensiero lo faceva impazzire.

Il mattino dopo, all'alba, la vedetta lanciò l'allarme.

— Nave in vista!

Yellowbeard salì sul ponte all'istante e sbatacchiò la

campanella d'ottone, dando una brusca e precipitosa sveglia a tutta la ciurma, che si dimostrò ancora una volta prontissima.

— Avanti, uomini! Facciamola filare, la nostra *Seabelt*!

Il mercantile non sembrava essersi accorto della nave pirata e continuava nella sua andatura costante.

— Gli dei ci assistono! Quella nave è pesante come un pachiderma. E sapete perché? Perché ha la stiva così piena che basterebbe una noce di cocco in più per farla affondare. Andiamo ad acciuffare quel grasso maiale di mare!

La ciurma sghignazzò, compiaciuta.

— Ridete pure, uomini! E ricordatevi che i denti che adesso mostrate ridendo, in battaglia li mostrerete ringhiando.

Mancava ancora parecchio tempo all'arrembaggio e Spinn si divertiva come gli altri, eccitato dalla prospettiva, quando vide O'Fire venirgli incontro.

— In guardia! È il momento giusto per una lezione...

La spada di Spinn, dopo due lunghe ore di duello, finì in mare.

Lui allora scese sottocoperta, nella fornita armeria di mastro Bladesmith, e si guardò intorno alla ricerca di una sciabola che non fosse troppo arrugginita. Notò, appesa al muro, l'ascia che alcuni giorni prima l'aveva quasi ucciso e fu attraversato da un brivido: era una gran bell'ascia, con un magnifico manico di frassino. La lama, adesso che era stata pulita dal sangue e da qualche filo di ruggine, scintillava nel buio. Sarebbe stata l'arma perfetta per O'Fire.

Spinn risalì sul ponte, dopo aver scelto per sé una semplice spada.

— Hai una faccia, ragazzo! Sembra che tu abbia visto un fantasma — esclamò O'Fire quando lo vide riemergere all'aria aperta.

— Più o meno — replicò Spinn evasivo.

O'Fire intuì al volo.

— Non pensarci. Quell'ascia, in mano mia, farà di meglio che ferire un ragazzino inesperto.

Poi, senza aggiungere altro, si gettò nuovamente su Spinn. L'addestramento continuava.

Quando il mercantile *Spices* si accorse della nave che lo inseguiva, era troppo tardi per tentare la fuga.

Yellowbeard continuava ad aizzare la ciurma, e i due equipaggi avevano cominciato a lanciarsi insulti e grida di guerra, ma presto le voci provenienti dal mercantile si spensero.

Yellowbeard puntò il cannocchiale verso la sua preda.

— Uhm. C'è movimento a bordo. O'Fire!

— Sono qui — rispose lo scozzese portandosi al fianco del capitano.

— Dai un'occhiata — gli disse Yellowbeard porgendogli il cannocchiale.

O'Fire si portò lo strumento all'occhio destro e scrutò davanti a sé. — C'è qualcosa di strano — commentò senza separarsi dal cannocchiale. — Sono silenziosi e frenetici. Sembra non vogliano fare rumore.

— Avanti, occhi aperti e spade pronte — ordinò Yellowbeard. — Che ne facciamo del ragazzino?

— Teniamolo fuori dalla mischia. Non è ancora pronto, e non deve correre gli stessi rischi dell'altra volta.

— D'accordo. Ma che non resti con le mani in mano. Lo spedirò ai cannoni, così almeno imparerà qualcosa.

Yellowbeard si assicurò che Keepfit prendesse posto al timone e che tutto fosse sotto controllo, quindi scese sottocoperta.

— Ehi, tu, pidocchio! Vediamo se sei capace di tirare al bersaglio.

Spinn lo guardò con aria interrogativa.

— Ai cannoni, avanzo di nullità!

Spinn scattò in piedi e seguì il capitano verso il ponte dell'artiglieria.

— È tutto vostro, ragazzi — gridò Yellowbeard ai marinai addetti alle armi pesanti, e tornò al posto di comando.

— Che sai fare? — chiesero quelli a Spinn, squadrandolo con aria poco convinta. Lui, per tutta risposta, alzò le spalle.

— Perfetto, proprio quello che ci serviva — ironizzò uno dei marinai, che sembrava essere il capo.

— Mi metto a un cannone? — chiese Spinn.

— Sì, e lucidalo — gli rispose il capo, poi gli lanciò un bastone con una spazzola fissata a un'estremità.

Spinn stava strofinando l'ennesimo cannone, quando un proiettile sfondò la murata alla sua sinistra, mancandolo di pochi metri.

— Che diavolo succede? Maledizione! — esclamò un pirata coperto di fuliggine.

I cannonieri sembravano colti alla sprovvista tanto quanto Spinn. — Ci dovrebbero avvertire, quando siamo a tiro!

Il cannoniere capo sporse la testa dal boccaporto con l'intenzione di protestare. Ma sul ponte si era già scatenato l'inferno e Yellowbeard gli fece un cenno rabbioso che lo indusse a tornarsene svelto ai cannoni.

— Rispondiamo al fuoco, ragazzi — ordinò. — Si aprono le danze!

Dense volute di fumo si alzavano dalle bocche da fuoco, tra rinculi e detonazioni. Occasionalmente qualche colpo del mercantile andava a segno, sfondando le paratie.

Spinn, col viso nero di fuliggine, si dava da fare facendo rotolare i proiettili da un cannone all'altro.

— Spinn! Mettiti alla miccia, qui — gli gridò il capo, indicando il cadavere di uno dei suoi uomini e il cannone libero. Gli passò una torcia e non aggiunse altro.

Il ragazzo poggiò la fiamma sullo stoppino, e pochi istanti dopo il cannone sparò un colpo assordante.

Nel frattempo la ciurma si era lanciata all'arrembaggio, trovando ben poca resistenza sul ponte.

D'improvviso, mentre Yellowbeard cercava di sferrare l'attacco finale, gli uomini del mercantile spalancarono un boccaporto nascosto alle loro spalle e, sotto la gragnola di proiettili, si barricarono sottocoperta.

— Maledetti! Giocano a nascondersi — gridò Yellowbeard. — Che aspettate? Spalancate quella botola, e fateli fuori tutti.

Ma non appena uno degli uomini ebbe aperto il boccaporto a colpi d'ascia, una raffica di proiettili lo perforò da parte a parte.

— Capitano, è impossibile avvicinarsi. Ci tengono sotto tiro, e sono in troppi — disse un marinaio valutando la situazione a distanza di sicurezza.

— Riproviamoci — insistette Yellowbeard.

Un altro piccolo gruppo si gettò di nuovo all'attacco, ma ancora una volta l'assalto si risolse in un cruento insuccesso.

— Maledizione. Così non andiamo da nessuna parte.

Molti erano rimasti feriti durante lo scontro. La situazione era in fase di stallo. O'Fire, coperto dal sangue dei nemici uccisi, si avvicinò al capitano.

— Ritiriamoci — suggerì.

— Mai! Yellowbeard non rinuncia mai.

— Il loro fuoco di sbarramento è insuperabile — insistette lo scozzese.

Yellowbeard l'osservò pensieroso.

— Non ha senso perdere uomini valorosi solo per un po' di bottino — proseguì O'Fire.

— Non si tratta del bottino, O'Fire. Sono quei topi là sotto che mi scaldano il sangue! Non posso tollerare che se la cavino. Che ne sarebbe della mia reputazione?

— Capitano, ci sono le nostre vite in gioco.

— E anche il nostro onore — tuonò Yellowbeard. Poi la sua espressione si illuminò per un istante: — Potremmo prenderli a cannonate — aggiunse.

— Capitano! Questo sì che sarebbe poco onorevole. Noi della *Seabelt* le navi le conquistiamo all'arrembaggio — replicò secco O'Fire, alzando il mento con sdegno.

Yellowbeard guardò i suoi uomini. Erano seduti sul ponte, sanguinanti, affaticati. Eppure, nei loro occhi si leggeva l'attesa per un nuovo assalto, malgrado la situazione.

Yellowbeard sospirò. — D'accordo, scozzese — concesse in tono pacato. — Abbandoniamo.

Poi si rivolse nuovamente alla ciurma, e la sua voce tornò quella di sempre, decisa e imperiosa.

— Uomini! Torniamo sulla *Seabelt*! Non mancheranno altre occasioni per gonfiare le nostre tasche!

E gli uomini, uno alla volta, tornarono alla loro nave.

Ma un membro della ciurma non si era dato per vinto, non ancora.

Aggrappato al suo cannone, incitava i compagni.

— Diamogli una lezione, ragazzi! Non possiamo andarcene così! — gridò Spinn, e mise mano alla torcia. In preda all'adrenalina dello scontro, con le orecchie rimbombanti degli scoppi dei cannoni, accese la miccia e prese la mira. Sparò un colpo, poi un altro, finché il cannoniere capo si slanciò verso di lui per bloccarlo. Spinn lo tenne lontano brandendo la torcia, ma poi scorse Yellowbeard e O'Fire che si affrettavano nella sua direzione.

— Piccolo demonio! — lo apostrofò il capitano, togliendogli la torcia di mano con un gesto secco e un pugno bene assestato allo stomaco. Spinn si piegò in due, senza fiato, e sentì salire le lacrime agli occhi. Persino O'Fire lo guardava con sufficienza.

— Cosa credevi di fare? — gli disse con l'aria di volergli sputare addosso. — Non puoi disobbedire agli ordini, né sprecare munizioni.

— Ho creduto che con i cannoni avremmo potuto...

— Spinn teneva gli occhi bassi e la voce era poco più di un sussurro.

— Ci sono delle regole d'onore, ragazzino.

— E una vittoria senza onore è una macchia sull'anima di un guerriero — concluse O'Fire, con gli occhi fiammeggianti. — Non si conquista una nave a cannonate, ma all'arrembaggio. Ricordatelo, ragazzo. O finirai per smarrirti.

Spinn non disse nulla, ma sentì il cuore mancare un battito e la paura salirgli alla gola. "Lui si è smarrito tempo fa, proprio come adesso ti stai smarrendo tu."

20

Giù nelle segrete

Skull e Rummy Drinker non avevano certo avuto fortuna.

Da quanti giorni marcivano nelle segrete della fortezza del Nero? Ormai avevano perso il conto.

— Tu che dici? — chiese Rummy, ottenendo in risposta solo il silenzio. — Dico a tc. Ehi, Skull!

Ma Skull sembrava perso in altri pensieri.

— Ehi! Vecchia canaglia incancrenita! — lo insultò Rummy, e l'altro finalmente si riscosse.

— Bada a come parli, Drinker.

Rummy sospirò. — Tanto faremo entrambi una pessima fine.

— Lo so.

— Ci ridurrà in polvere, e finiremo in uno di quei sacchettini. So bene di che parlo.

— E se fuggissimo durante il rito? — propose Skull.

— Non possiamo opporci!

— Hai forse fretta di incontrare la morte?

— La morte, o la non-morte! — esclamò il Nero, scendendo lentamente i gradini che portavano alle segrete.

Skull si gettò contro le sbarre, afferrandole saldamente, e si inginocchiò davanti alla cupa figura del suo Padrone.

— Nostro Signore Oscuro! Non sapete quanto siamo felici di vedervi!

Rummy, di malavoglia, si unì alla patetica adulazione. — Sì, Padrone. Voi non immaginate il tormento, al pensiero di aver perduto la vostra fiducia!

Il Nero sorrise, glaciale. — Basta così.

Gli occhi gli si illuminarono di una luce sinistra. Smise di sorridere, e sul suo volto si disegnò un'espressione malvagia e beffarda.

— Guardie! — gridò. — Tirateli fuori!

Un manipolo di figure dalle movenze lente e rigide avanzò verso la cella. Rummy e Skull si scambiarono uno sguardo preoccupato. Quelli erano Legionari Oscuri, i non-vivi e non-morti che il Nero creava dalla cenere dei defunti.

Il Nero voltò loro le spalle e si avviò lungo il corridoio.

I prigionieri, scortati dai Legionari, lo seguirono.

Rummy ripensò al giorno in cui, spinti da Blackmore, erano andati dal Padrone dopo la mancata cattura di Spinn. Forse avrebbero dovuto cercare di scappare. Il Nero, infuriato, li aveva sbattuti in cella e per giorni e giorni li aveva lasciati a soffrire la fame e il freddo.

Ora, mentre risalivano i gradini sconnessi e scivolosi delle segrete, nelle teste dei due sventurati si affollavano le più disparate immagini sul destino che li attendeva.

Giunsero in una sala vasta e scura, la cui volta era sorretta da poderose colonne di marmo nero, i capitelli decorati con immagini di demoni che sembravano sul punto di prendere vita. Al centro della sala si ergeva una vasca colma di una sostanza nauseabonda.

In un istante, Skull e Drinker compresero. Il loro destino stava per compiersi.

21

Scheletri e relitti

A parte Spinn, tutti dimenticarono in fretta l'increscioso episodio delle cannonate. Non che l'argomento fosse di poca importanza, ma gli eventi che seguirono erano di urgenza sicuramente maggiore e richiedevano totale concentrazione.

Dalla Marina Inglese, infatti, era partito l'ordine perentorio di annientare la *Seabelt* e il suo equipaggio.

Dalle notizie giunte dalla terraferma, pareva che fosse stato incaricato della missione l'ammiraglio Lancaster, un ufficiale che aveva fatto della guerra alla pirateria una ragione di vita, un uomo sadico e spietato che si considerava un inviato di Dio stesso. Si diceva fossero numerosi gli uomini che aveva spedito al patibolo, tanto che nemmeno lui ricordava la cifra esatta.

Per Spinn e i suoi compagni si prospettavano tempi duri: da una parte l'ammiraglio Lancaster e la Marina, dall'altro il capitano Blackmore, al servizio del Nero.

Poi venne il giorno in cui le provviste immagazzinate a Tortuga cominciarono a scarseggiare. Aumentava il carico d'oro, avorio e preziosi, ma rifornirsi di viveri freschi ormai era una necessità assoluta.

Sbarcarono quindi su un atollo sconosciuto. La spiaggia era piuttosto ampia e, nel cuore dell'isola, la vegetazione si infittiva.

Yellowbeard aveva deciso di accamparsi lì almeno per un paio di giorni. Sapeva che tutti gli uomini, anche i lupi di mare più incalliti, dovevano di tanto in tanto mettere piede a terra. Ballare troppo sulle onde, stretti in uno spazio angusto, alla lunga rendeva nervosi e inclini alle risse.

Inoltre, dopo l'ultima battaglia, la *Seabelt* aveva bisogno di riparazioni. La nave venne quindi tirata in secca, con l'aiuto della marea, e l'equipaggio scese a terra per allestire l'accampamento.

Finito di piantare le tende, accesero un fuoco e, quando la fiamma fu alta abbastanza, montarono un grosso spiedo sul quale infilzarono i pesci che erano riusciti a pescare.

La serata trascorse così, tra rum, cibo e canti sguaiati.

Il mattino dopo non fu il sole a svegliarli, ma una pioggia rada e leggera che scendeva dal cielo grigio.

— Avanti, ciurma! Prendete ceste e botti e trovate di che riempirle — ordinò Yellowbeard.

Gli uomini, dividendosi in gruppetti, si misero alla ricerca di cibo e acqua, addentrandosi nel folto della vegetazione.

Spinn partecipò alla spedizione, felice di avere tanto spazio per correre, e sperò di avvistare qualche albero da frutto o della selvaggina.

D'improvviso, mentre il suo sguardo era rapito dai colori accesi di un fiore tropicale, una detonazione gli risuonò proprio dietro le orecchie, facendolo sobbalzare.

Si girò, col cuore in gola. Keepfit imbracciava il fucile, e la canna, puntata verso l'alto, era ancora fumante. Poi abbassò l'arma e si tuffò in un cespuglio. Ne riemerse dopo pochi istanti stringendo per le zampe uno striminzito volatile.

— Ecco qui qualcosa di interessante!

— Come no — gli fece eco O'Brien, un uomo dell'equipaggio che fino ad allora era sempre rimasto in disparte. — Di questo passo impiegheremo un anno prima di trovare abbastanza provviste per sfamarci tutti. Vedi di mirare a qualcosa di grosso, la prossima volta!

Spinn riprese il suo giro di perlustrazione e poco dopo, a qualche decina di metri, scorse un grosso cinghiale, ignaro dei cacciatori.

Peccato che a lui non fosse stata affidata un'arma da fuoco, ma solo un bel pugnale, più adatto a recidere frutti e radici che a sgozzare cinghiali.

— Ehi, voi! — bisbigliò agli altri. — Venite a vedere!

Quattro pirati si fecero attorno a Spinn. I loro occhi si illuminarono, e subito imbracciarono i fucili.

— State fermi, ragazzi! — sibilò Keepfit. — È mio, lasciatelo a me.

Due annuirono, ma O'Brien si rifiutò. — Tu pensa ai tuoi pennuti, che la caccia seria è affar mio.

— Non centreresti un elefante a due metri di distanza — replicò Keepfit senza abbassare il fucile.

— Tu non lo *vedresti* nemmeno, un elefante, a due metri di distanza.

Keepfit non raccolse la provocazione e appoggiò il dito sul grilletto.

Fu un attimo: O'Brien, deciso a rubare quel momento di gloria a Keepfit, urtò il fucile del timoniere proprio mentre questi stava premendo il grilletto.

Al frastuono dell'inutile sparo, il cinghiale fuggì.

— Stupidi pirati — gridò Spinn, e con un balzo si gettò all'inseguimento dell'animale.

Gli altri quattro pirati lo imitarono prontamente.

— Accidenti a te, O'Brien! — gridò Keepfit, mentre si lanciava nel fitto fogliame. — Voglio vedere come la riprendiamo quella bestiaccia, adesso!

Spinn, intanto, aveva distanziato tutti. Veloce e agile, inseguiva il cinghiale nell'erba alta.

L'animale fuggiva per salvarsi la vita e non dava segni di stanchezza. Ma a Spinn cominciava a mancare il fiato, era sudato, e i vestiti gli si incollavano alla pelle per il gran caldo.

Poi inciampò, rotolando lungo il sentiero in discesa, senza riuscire a fermarsi. Quando si rialzò, si ritrovò sulla spiaggia. Com'era potuto accadere? Il cinghiale l'aveva giocato, scartando in chissà quale istante dallo stretto sentierino, mentre lui aveva proseguito convinto di poterlo ancora raggiungere. Come risultato, aveva attraversato tutta l'isola, da parte a parte, giungendo sulla spiaggia opposta a quella dove erano sbarcati.

La sua delusione, però, si trasformò subito in sorpresa.

Fracassato sugli scogli, c'era un galeone, sventrato e senza più vele, macabro come uno scheletro.

Spinn avanzò lungo la battigia.

Da quanto tempo quel galeone giaceva lì, abbandonato? Doveva essere incappato in una tempesta memorabile per ridursi in quello stato. Forse i membri dell'equipaggio erano annegati tutti, o forse avevano abbandonato la nave e si erano messi in salvo con le scialuppe.

Ma poi Spinn notò che alcune scialuppe erano ancora al loro posto, e che i resti di altre affioravano a riva, sommerse nel tempo dalla sabbia.

Spinn raggiunse il galeone, che era disteso sulla fiancata di babordo e aveva tutta la zona di prua incastrata tra gli scogli. Si arrampicò sulle rocce aguzze e scivolose, come attirato dal relitto. Non si accorse che Keepfit e gli altri l'avevano raggiunto, e adesso guardavano il galeone con curiosità e meraviglia.

Si inoltrò nelle viscere della sfortunata imbarcazione, e i suoi compagni lo seguirono in pochi istanti.

Entrarono dalle sentine. Erano allagate da almeno mezzo metro d'acqua e i piedi si facevano strada in un intrico di alghe. C'erano dei barili che galleggiavano, insieme ad altri rottami indistinguibili.

Il ragazzo si diede una rapida occhiata attorno. Non c'era proprio nulla da sgraffignare, lì. Magari negli alloggi di poppa qualcosa si era salvato, ma non sarebbe stato agevole arrivarci. La nave era distesa su un lato, e questo rendeva impossibile camminare sul ponte. Perciò, sfruttando la sua agilità, Spinn saltò sui pioli del parapetto per raggiungere la cabina del capitano, mentre gli altri arrancavano per stargli dietro.

— Maledizione, Spinn! Qui c'è il rischio che ci crolli tutto addosso.

Spinn non rispose. Una lunga fune penzolava davanti ai suoi occhi. La afferrò e, tenendola stretta, varcò la soglia degli alloggi di poppa.

Spinn e i suoi compagni sussultarono, quando entrarono nella cabina del capitano. A terra giacevano quattro scheletri, fissati in una postura bizzarra: le braccia erano sollevate come a proteggersi il volto.

La morte pareva averli colti e pietrificati in quell'attimo terribile.

Contro una parete c'era un tavolino ribaltato e, poco più in là, un libriccino dalle pagine ingiallite. Il diario di bordo.

Spinn lo afferrò e scorse le pagine scritte fittamente con inchiostro nero e una calligrafia sottile e ordinata, a tratti nervosa. Si sforzò di decifrarla. All'inizio erano riportate le solite annotazioni formali, latitudine, longitudine e condizioni meteorologiche.

Poi la calligrafia si faceva frettolosa, a volte incomprensibile, e qua e là le parole erano coperte da macchie d'inchiostro. Spinn cominciò a leggere a voce alta.

22

Il diario di bordo

16 maggio

Oggi tutto tranquillo. A poppa, cielo nuvoloso.

18 maggio

Vento di poppa, direzione nord-est, le nuvole incalzano dietro di noi. Se continua così, dovremo ammainare le vele.

19 maggio, notte

Siamo finiti in una bufera. Io, capitano Smollett, scrivo nelle condizioni più disagevoli. Abbiamo urtato uno scoglio. Nella fiancata di tribordo si è aperta una grossa falla. Imbarchiamo acqua.

Nella notte abbiamo perso sette uomini, tutti tra i migliori. La bufera si è placata, ma di poco. Calcolare la rotta è impossibile. Stiamo cercando di puntare a sud. Che Iddio ci aiuti!

20 maggio

Ormai la nave sta colando a picco, l'equipaggio è sfinito. Due pompe sono fuori uso. La bufera ha ripreso vigore e sembra persino più violenta di prima. Non abbiamo speranze. Non ci resta che pregare. Io, capitano Smollett, nel chiudere per sempre questo diario, affido la mia anima e quelle dei miei uomini alla Divina Provvidenza.

21 maggio

Ringrazio il Signore e la sua misericordia per avermi risparmiato una morte orribile. Insieme a me, si sono salvati il mio secondo Sponge, Flask e il marinaio semplice Cuttler. Degli altri nessuna traccia. Il galeone giace sulla fiancata di babordo, adagiato sugli scogli. Dio ha premiato la nostra rettitudine, facendoci approdare su un'isola dalla vegetazione lussureggiante. Le provviste nella stiva sono andate perdute durante il naufragio, ma non escludiamo che le correnti le riportino verso di noi.
L'isola sembra accogliente. Non ci siamo però ancora avventurati nell'interno.

23 maggio

Siamo stati fortunati, ieri. Nel pomeriggio abbiamo notato un barilotto pieno di polvere da sparo sulla spiaggia. Probabilmente è stato sbalzato via dalla nave durante il terribile urto con gli scogli. Non ci speravamo, ma abbiamo scoperto che la pol-

vere era recuperabile e siamo riusciti a usare l'unico fucile superstite. Con quello, abbiamo ucciso sette uccelli e un piccolo maiale selvatico. Abbiamo razionato le provviste. Poco distante c'è una piccola pozza d'acqua. Non sappiamo se sia alimentata da una sorgente sotterranea o se si tratti di semplice acqua piovana. Per sicurezza, abbiamo coperto la polla con delle larghe foglie di palma, per evitare che evapori.

27 maggio

Luna piena. Dovrebbe rassicurarci, ma non fa altro che rendere le ombre della foresta più inquietanti. Stasera qualcosa è cambiato, nell'aria. Noi siamo al sicuro nel relitto, ma da qui scorgiamo strani movimenti tra le fronde. Cuttler giura di aver visto degli occhi rossi fissarlo dall'ombra. D'ora in poi stabiliremo dei turni di guardia.

28 maggio

Ho appena terminato il mio turno di guardia. Sento che qualcosa di maligno si muove attorno a noi.

29 maggio

Siamo circondati! La luna sta calando, c'è sempre meno luce e abbiamo visto strani esseri dalla forma umana e dagli occhi di brace. Sembrano affamati.

30 maggio

Cuttler, preso dal terrore, ha sparato un colpo contro una di quelle strane creature. È stramazzata al suolo, ma poco dopo si è rialzata in piedi come se nulla fosse! Questi esseri non possono essere uccisi.

31 maggio

Che fare?

Oggi, durante il giorno, ci siamo avventurati nella foresta. Ma non abbiamo trovato alcun segno della loro presenza, né tracce, né impronte. Che siano i fantasmi dei nostri compagni annegati, tornati a punirci per la nostra fortuna?

1° giugno

È finita! Non c'è luna questa sera. Le creature ci hanno accerchiato, e si avvicinano. Non abbiamo possibilità di fuga. Che Iddio ci salvi da questi figli del Demonio!

23

La Black Diamond

Skull e Rummy Drinker guardavano nel vuoto, come inebetiti.

Non erano più gli stessi.

Il Nero aveva incenerito i loro corpi, quindi aveva compiuto il rito trasformandoli in Legionari Oscuri. Non c'era più una volontà propria ad animarli. Solo il volere del loro Padrone e una fame insaziabile di carne fresca, *umana.* Ma a loro, il Nero aveva riservato un trattamento speciale. A differenza del resto dell'esercito, Skull e Rummy avevano conservato delle umane capacità di comando e organizzazione. Erano diventati i luogotenenti del Signore Oscuro.

— Destatevi, figli miei! — gridò il Nero.

I due non-morti sussultarono, come attraversati da una scossa, da una scintilla simile alla vita.

Dalla gola di Rummy emerse un suono lugubre, lontanamente simile alla sua vecchia voce. — Ai vostri ordini, Padrone.

— Al vostro servizio, Sommo Creatore — gli fece eco Skull.

La risposta del Nero fu energica. — Prendete il comando della *Black Diamond*. È armata e piena di Legionari Oscuri. Guidateli verso ciò che vogliono!

I due si voltarono annuendo e, senza pronunciare parola, uscirono. Attraversarono diversi saloni, dai soffitti così alti da sembrare costruiti da titani. E lungo il cammino, i due non-morti erano spiati e osservati. Sui capitelli delle colonne che reggevano le volte delle sale erano appollaiate creature infernali, demoni, mostriciattoli deformi, chimere, satiri dal ventre rigonfio, che ridacchiavano smodatamente al loro passaggio.

Ma i due non se ne accorsero nemmeno.

Da quel momento in poi sarebbero esistiti solo gli ordini del Padrone.

Trovarono la *Black Diamond* ancorata in un mare riottoso, a protezione del nascondiglio del Nero. Il veliero era popolato di Legionari: erano ovunque, appesi alle sartie, arrampicati sugli alberi, sui parapetti, e ringhiavano e latravano come cani affamati. Di umano era rimasto loro solo un vago aspetto.

Quando Skull e Rummy salirono a bordo, gli altri servi del Signore Oscuro si placarono e fissarono in silenzio i nuovi venuti. Sebbene fossero svuotati di ogni volontà, dai loro occhi sembrava trasparire rabbia per quelle due creature superiori, che scaturiva dalla consapevolezza di non potere nulla contro di loro.

La *Black Diamond*, avvolta da un silenzio tombale, prese così il largo.

24

Orgoglio e disciplina

L'ammiraglio Lancaster era un uomo dai lineamenti duri e decisi. I suoi occhi brillavano di un azzurro glaciale, mentre se ne stava impettito nella sua divisa impeccabile, irrigidito dai lunghi anni di disciplina.

Aveva studiato a lungo alla prestigiosa Accademia Navale di Plymouth, cinque anni durissimi, divisi equamente tra studio ed esercitazioni estenuanti, durante le quali non erano mancate le punizioni corporali.

Ma Lancaster era grato ai suoi insegnanti: gli avevano inculcato il senso dell'ordine e del dovere. Sapeva che non c'era bisogno di idee originali per salvare il mondo.

A bordo della *Firestorm* regnavano dunque regole ferree; era stata dura mantenere alto il livello di condotta, ma Lancaster ci era riuscito a suon di frustate. Di certo non era il capitano più popolare della Marina Inglese, ma sapeva bene che finché avesse retto il suo regime, non avrebbe avuto niente da temere, né in guerra, né in pace.

Il suo nome era noto tra la gente di mare; non aveva mai perso una battaglia, guadagnandosi fama e rispetto, e proprio per questo ora gli era stata affidata la missione più importante: catturare la nave del capitano Yellowbeard, il pirata che seminava morte e distruzione per tutto il Mar delle Antille. E che, soprattutto, stava mettendo a dura prova la pazienza dei commercianti inglesi.

Lancaster, dal canto suo, provava un odio incondizionato per tutti i pirati. Erano sporchi, violenti, malvagi, i primi nemici della disciplina.

Se solo fosse stato possibile, l'equipaggio di Yellowbeard a suo parere avrebbe meritato non uno, bensì due passaggi sulla forca.

L'ammiraglio venne distolto dai suoi pensieri da uno degli uomini dell'equipaggio.

— Ammiraglio, siamo nelle acque di caccia della *Seabelt*.

— Bene, McShire. Gli uomini sono già ai loro posti?

— Signorsì. La nave è pronta per l'attacco.

— Problemi a bordo?

— Signornò. Il marinaio McMutton si lamenta ancora, ma solo per il dolore.

— Impara, McShire. Le frustate rendono gli uomini migliori.

— Signorsì, signore.

— Quando incroceremo la nave nostra compagna, McShire?

— Entro sera, signore.

— Molto bene. Da stasera in poi non voglio nessuna pietà, né per i marinai indisciplinati, né per quella feccia. Ora puoi congedarti, McShire.

McShire batté i tacchi, e uscì obbediente dalla cabina.

Lancaster, rimasto solo, scrutò l'orizzonte dal piccolo oblò e pregustò la cattura di Yellowbeard e della sua ciurma.

25

Prova di forza

Blackmore non sapeva che pesci pigliare. Dove poteva mai essere finito il ragazzino? E come avrebbe fatto a trovare la mappa?

Suo malgrado, doveva consultarsi con il Nero.

Si sedette nella sua cabina, davanti al vassoio di platino. Versò il solito liquido bluastro, e attese.

Poco dopo, il volto del Nero si materializzò.

— Mio Signore, perdonate il disturbo...

— La tua inettitudine inizia a irritarmi, Blackmore.

— Ma se voi, dall'alto della vostra suprema saggezza, poteste darmi almeno un'indicazione su dove si trova il ragazzo, potrei...

— È imbarcato sulla nave di Yellowbeard — lo interruppe il Nero. — E adesso, Blackmore, cerca di eseguire gli ordini se non vuoi finire in cenere.

Mentre pronunciava queste parole, l'immagine liquida collassò in mille goccioline.

Blackmore salì sul ponte: era deserto. Il capitano era sconcertato. Dov'era l'equipaggio?

Nervoso, percorse il ponte con lunghe falcate. Sapeva che era opera del Nero, *doveva* essere opera sua. Lo aveva irritato con le sue richieste di aiuto, e ora lo puniva. Blackmore scese sottocoperta: nessuno.

Stava per inoltrarsi nella stiva quando la nave sobbalzò violentemente e Blackmore fu scaraventato a terra per il contraccolpo. Dopo aver imprecato, si rialzò e si toccò la nuca: sanguinava.

Si diresse verso la sua cabina per medicarsi.

"Al diavolo lui e i suoi giochi! Pensa che possa manovrare da solo questa nave?"

Blackmore spalancò la porta della sua cabina con un calcio, per richiudersela alle spalle, a doppia mandata.

Stringendo ancora la chiave di rame tra le mani, rifletté un attimo. Che senso aveva chiudersi dentro, se là fuori non c'era nessuno?

Stava per riaprire la porta, quando qualcosa gli suggerì di non farlo. Era stato come un fremito che gli era corso lungo la mano, una specie di avvertimento.

Si massaggiò la ferita, e si accorse che era piuttosto profonda.

"Altro che cicatrice. Mi resterà addosso come un marchio a fuoco." Appoggiò una bacinella sul tavolo, poi si chinò e rovesciò del rum sulla ferita: strinse i denti per il bruciore.

"Che spreco, buttare così del buon liquore."

Sollevò il capo, gettandosi i lunghi capelli all'indietro. Poi si lasciò cadere sul letto, e notò le gocce di sangue a terra.

"E adesso?"

Giù nella stiva, qualcosa si muoveva lentamente sotto le botti e le casse.

Un essere affamato digrignava i denti gialli e affilati.

Poi percepì un odore, un sapore nell'aria.

Con un movimento repentino e violento, emerse dal cumulo di casse che lo nascondevano, schiantandole contro le pareti della nave e lanciando un grido gutturale. Con un ringhio si guardò attorno, e non si stupì nel constatare che non era solo.

C'erano altri esseri come lui, nella stiva, cinque in tutto, e avevano la sua stessa espressione sul volto scarnificato.

Nonostante fossero guidati da una volontà analoga, si guardavano l'un l'altro famelici, guardinghi e minacciosi. Poi uno inspirò forte, anche lui annusando l'aria.

Il suo sguardo assente si illuminò, la pupilla si restrinse.

Sangue. Colava dal soffitto e cadeva sul pavimento.

Con uno scatto si gettò per terra e cominciò a leccare le tavole di legno con la sua lingua nera e pustolosa.

Gli altri Legionari si gettarono su di lui, dando vita a una lotta violenta e cannibale. Della creatura che aveva iniziato a leccare il tavolato, alla fine rimasero solo le membra tranciate dai denti aguzzi degli altri.

Gli esseri si guardarono l'un l'altro. Quell'assassinio li aveva uniti. Il sangue violaceo della vittima che colava dalle loro bocche li avrebbe legati per sempre, in un patto stretto a un unico scopo: placare la fame. Con carne fresca.

Blackmore spalancò gli occhi all'improvviso, mettendo mano alla sciabola.

Gli era parso di sentire qualcosa, di sotto. Un fragore, e poi una sorta di ruggito, seguito da un lungo silenzio.

Che fosse stato solo un sogno?

Sospirando, stava per lasciarsi ricadere sulla branda, quando udì dei latrati nella stiva.

Balzò in piedi, scattando verso la porta. Si mise in ascolto, disturbato solo dal suo cuore che gli martellava nel petto.

"Bastardo" pensò, mentre l'immagine del Nero si affacciava nella sua testa.

Blackmore respirò profondamente, la sciabola ritta davanti a sé. Sotto di lui sembrava essersi scatenata un'orgia di suoni infernali, fatta di rivoltanti risucchi, ruggiti, gorgoglii e latrati.

"Fatevi avanti, maledetti!"

Spinti da una ferocia irrefrenabile, i quattro non-morti salirono sul ponte, finché non si trovarono davanti alla porta sbarrata.

L'odore del sangue proveniva da lì.

Blackmore continuava a tenere la sciabola in una mano, mentre nell'altra stringeva una torcia accesa. Gli orribili suoni che avevano scandito quei minuti si erano spenti, proprio davanti alla porta della sua cabina.

Gli esseri infernali, dall'altra parte, si guardarono per un istante e poi, insieme, si scagliarono contro la porta.

26

Fino all'oscurità

La porta si infranse in mille pezzi davanti agli occhi di Blackmore, che abbassò la testa per non essere colpito dalle schegge.

Quando la rialzò, si trovò faccia a faccia con degli esseri mostruosi. Senza esitare, si difese a colpi di sciabola, riparandosi il fianco sinistro con la torcia.

La lotta era impari: malgrado Blackmore affondasse più e più volte la lama nelle carni marce dei suoi nemici, quelli non retrocedevano, anzi, sembrava quasi che le ferite li rendessero più agguerriti.

Poi Blackmore scivolò, finendo schiena a terra, e uno dei Legionari si scagliò su di lui, puntando al viso.

Mentre le zanne calavano sul suo corpo, Blackmore conficcò d'istinto la torcia fiammeggiante dritta nella gola del mostro. Quello gridò, mentre dalle sue carni sfrigolanti si sprigionava un orribile puzzo. Dopo essere stramazzata a terra, però, la creatura si rimise in piedi, con la torcia che ancora gli sporgeva dalla gola e dalla nuca.

Per un attimo Blackmore si sentì perduto. Non c'era modo di fermarli.

Poi avvertì un dolore lancinante alla spalla sinistra: uno di quei mostri gli stava lacerando le carni.

Con un colpo di sciabola riuscì a sventrare il Legionario che l'aveva morso, mentre la cabina si imbrattava di nuovi schizzi di sangue violaceo.

— Maledetti bastardi! — gridò il capitano, e si gettò con tutte le sue forze contro gli avversari, buttandoli a terra e fuggendo sul ponte.

Quanto avrebbe desiderato poter stringere un crocefisso tra le mani, in quel momento! Ma non poteva: ormai era marchiato dal Male.

Con orrore, vide la ferita propagarsi lungo il braccio sinistro come un veleno, infettando la pelle, sempre più simile a quella dei suoi avversari. Il braccio pendeva inerme, come il fodero vuoto di una spada.

Stava diventando come loro. Le forze lo stavano abbandonando, non riusciva più nemmeno a pensare lucidamente.

Conscio della fine imminente, lanciò un grido di rabbia, forte, rauco, mentre i Legionari si rialzavano e lo seguivano sul ponte.

— E va bene, fatevi avanti, esseri immondi! Vi sto aspettando!

Quelli sembravano aver capito. Lo guardavano mentre veniva consumato dal loro veleno. Blackmore non poteva sopportarlo. Con le ultime energie strinse la sciabola e, con un gesto estremo, la lanciò contro una di quelle orribili creature.

Il Legionario non fece in tempo a scansarsi. Percepì solo qualcosa che gli spaccava la testa, penetrandogli nelle cervella rancide, e si abbatté al suolo. Pochi attimi e il suo corpo si dissolse, tornando cenere.

Blackmore cominciò allora a menare colpi contro gli altri Legionari, mirando alla testa.

Alla fine ne rimase solo uno.

Ma non aveva più importanza. Blackmore fece un cenno, come a invitare il mostro a farsi avanti.

L'ultimo Legionario attaccò spavaldo. Blackmore, disarmato e sfinito, sapeva di non poterlo respingere. Il braccio sinistro era ormai inerte.

Abbassò il mento sul petto e attese. "Mi hai sconfitto" pensò, e venne accolto dall'oscurità.

27

Rivelazioni

Il diario terminava bruscamente, interrotto nel mezzo di un'ennesima preghiera al Signore. Dopo quella lettura inquietante i volti dei pirati erano tesi, sconcertati.

Solo Keepfit, notò Spinn, aveva negli occhi l'ombra di una cupa risoluzione.

— Poveri diavoli — commentò il timoniere tra i denti.

O'Brien sbuffò, sprezzante. — Sciocchezze. Avranno bevuto troppo.

— Come puoi dirlo? — replicò Spinn. — Guardate gli scheletri. È come se fossero morti mentre qualcosa li stava assalendo!

Un brivido attraversò la schiena di Spinn e dei suoi compagni. Era ora di abbandonare il relitto e i suoi orrendi fantasmi.

Percorsero rapidi il sentiero nella foresta, correndo, senza curarsi delle piante spinose che graffiavano loro le gambe e le braccia, e finalmente raggiunsero l'accampamento.

— Capitano! Capitano! — gridò Spinn.

— Chi mi chiama? — tuonò Yellowbeard tirando fuori la testa dalla tenda.

— Abbiamo trovato un relitto, dall'altra parte dell'isola! — annunciò Spinn, raggiungendolo.

— È spaventoso... — disse Keepfit, col fiato corto.

— Per dei codardi come voi — aggiunse O'Brien, ma subito venne fulminato con lo sguardo dal timoniere.

Yellowbeard sbatté le palpebre, perplesso. Sembrava non capire l'agitazione dei suoi uomini.

— Ci sono degli scheletri, in una posizione anomala. Hanno le braccia alzate, come a difendersi da un attacco — continuò Keepfit.

— E chi li avrebbe attaccati?

— C'è un diario, capitano; racconta di creature orribili e spaventose uscite dalla boscaglia per ucciderli — si intromise Spinn.

Yellowbeard sembrava ancora poco convinto. Sembrò voler liquidare la questione: — Siamo tanti e ben armati, metteremo qualcuno di guardia, stanotte.

O'Brien sorrise soddisfatto, e finalmente si allontanò per tornare alle proprie occupazioni.

— Ma capitano, potrebbe non bastare... — protestò Spinn, che non si sentiva affatto sicuro.

— Basterà, ragazzo! Gli ordini non si discutono.

La giornata sull'isola trascorse tranquilla. I pirati banchettarono con parte di quello che avevano trovato, misero sotto sale la carne degli animali che avevano cacciato, per poterla stivare, e la sera, organizzati i turni di guardia, andarono a dormire.

Tutti tranne Spinn.

Teneva gli occhi fissi sulla boscaglia davanti a lui, nel timore che saltasse fuori qualcosa. D'improvviso sembrava che il buio nascondesse molti più oscuri segreti di quanto si potesse immaginare. Segreti spaventosi. Prima i racconti a Tortuga sul capitano Blackmore, e O'Fire che soccorreva quel vecchio; ora queste creature mostruose. Il capitano del relitto scriveva addirittura del Demonio in persona.

Spinn non riuscì a trattenere un nuovo brivido di terrore. Sembrava ci fosse un mosaico da comporre, ma che i pezzi non tornassero. Come se le tessere mancanti celassero i dettagli più orribili. Si pentì di non aver preso con sé il diario, forse c'erano altri indizi che gli erano sfuggiti.

Per un attimo fu tentato di tornare al relitto, ma cambiò subito idea: non aveva nessuna voglia di incontrare quei mostri, e in ogni caso il mattino dopo avrebbero lasciato l'isola.

Spinn voltò le spalle alla foresta, come aveva fatto la sera prima.

Dormire non fu facile. Accanto al fuoco, O'Fire, Goldmerry e Kook ascoltavano Keepfit con attenzione.

— E se fosse tutta colpa sua? Se ci fosse lo zampino del Signore Oscuro, dietro tutto questo? Elia è stato chiaro.

— È una fortuna che sia giunto in tempo per salvarlo — commentò O'Fire. — Non riesco a smettere di pensare alle cose incredibili che ci ha raccontato.

Spinn tese le orecchie e si concentrò per ascoltare meglio.

Allora O'Fire non nascondeva nessun losco segreto, anzi.

— Già — confermò Keepfit. — Senza di lui non sapremmo nulla di Corsaired.

— E delle ceneri stregate — aggiunse Goldmerry.

Cupo, O'Fire sospirò. — Forze pericolose e malvagie si sono scatenate nel mondo. Pensate a quel paesino ridotto in cenere e risucchiato da un uragano.

La mente di Spinn si affollò di ricordi. Stavano parlando del suo villaggio.

— E adesso c'è il diario del relitto.

— Per fortuna siamo riusciti a salvare questa — puntualizzò O'Fire estraendo una mappa da una tasca.

Spinn era in posizione sfavorevole, così si allungò per vedere di cosa si trattava.

— "La Clessidra del Potere, la Stabilizzatrice Eterna, celata nelle viscere del mondo, può condurre al dominio assoluto..." — recitò Kook, in tono solenne.

— Così dicono le leggende, ma vi sfido a decifrarla! — disse O'Fire. — E comunque, è meglio che un oggetto tanto potente rimanga al suo posto. È nostro compito custodirla, e proteggere Spinn — ribadì O'Fire.

Spinn si irrigidì nel sentire il suo nome.

— Senza la mappa, il Nero non può fare nulla — aggiunse Goldmerry. — Sono sicuro che presto ci ritroveremo i suoi scagnozzi alle calcagna, e uno di loro è un nostro vecchio amico.

— Ti riferisci a Skull?

— Proprio così.

— Che cosa proponi, allora?

— Continuare a raccogliere indizi. E mettere al sicuro la mappa.

— Stai pensando alla Base?

— Sì.

Spinn non ci capiva più nulla, erano troppe informazioni tutte insieme. Soprattutto, non capiva quale fosse il suo ruolo e perché dovesse essere protetto. Skull non era forse il pirata che aveva messo a ferro e fuoco il suo villaggio? E cosa diavolo era quella "Clessidra del Potere" di cui parlavano?

A mano a mano che pensava a quello che aveva appena sentito, diventava sempre più difficile trovare un filo logico nei discorsi di quei quattro.

A quanto pareva, però, il suo villaggio non era stato distrutto per caso, ma c'era qualcosa di immensamente potente dietro quella strage. O'Fire non era un farabutto, ma qualcuno che si muoveva nell'ombra affinché il Bene potesse trionfare.

La mente di Spinn faticava a stare dietro a quei ragionamenti, soprattutto a quell'ora della notte. Esausto, sprofondò nel sonno.

Si risvegliò all'alba. Il sole non era ancora spuntato, ma il cielo già si tingeva di tenui tinte pastello. Intorno a lui, tutta la ciurma dormiva pesantemente, e anche la *Seabelt* sembrava assopita sul mare quieto e rassicurante.

Spinn richiuse gli occhi, e aspettò.

Attese che succedesse qualcosa, che qualcuno si svegliasse, o che dalla vegetazione davvero spuntasse una creatura mostruosa. Aveva ancora nelle orecchie i discorsi della sera prima e le note del diario.

Solo un'ora più tardi, Yellowbeard balzò in piedi e svegliò tutti con i suoi schiamazzi.

Spinn si alzò e si unì alla ciurma che si era messa al lavoro con molta calma. Nella tarda mattinata tutto fu pronto per salpare.

— Vele al vento, ciurma! — gridò Yellowbeard. — Mi è venuta voglia di saldare i conti, e ne abbiamo uno in sospeso con il vecchio Skull!

La ciurma esplose in un grido di approvazione. Anche O'Fire e gli altri esultarono, ma con poca convinzione.

Spinn si incupì. Ricordava bene la sera della strage al villaggio, ora con maggiore lucidità, e che Skull e Rummy Drinker lo stavano cercando. Non ne aveva mai fatto parola, e adesso Yellowbeard aveva deciso di dare loro la caccia.

Si sentiva come se all'improvviso il mondo fosse diventato enorme e pericoloso, e lui fosse troppo piccolo per capirci qualcosa.

28

Stregato dal Potere

Il capitano Blackmore riaprì gli occhi, incredulo. Ricordava di averli chiusi, col pensiero che fosse l'ultima volta, davanti all'immagine di quel Legionario che attendeva la sua morte.

E poi gli era sembrato di morire veramente, mentre il buio gli penetrava nella testa prima ancora che le palpebre si serrassero, fredde come il marmo.

Si guardò attorno. Era nella sua cabina, la riconosceva.

Non aveva perso la memoria. Si ricordava ogni minimo particolare. Sapeva che quella scalfittura sullo spigolo del tavolo l'aveva causata lui, mancando con la sciabola un avversario affamato e inferocito.

E sapeva che quel puzzo nauseabondo era dovuto al sangue violaceo delle creature che ormai impregnava le pareti.

Ma c'era qualcosa che non gli quadrava.

Stava per alzarsi, quando si ricordò del suo braccio. Già, c'era stato quel dannato morso alla spalla, e poi la carne aveva cominciato a marcire.

Lui aveva comunque continuato a combattere e aveva eliminato i suoi avversari, tranne... Ecco quello che non gli quadrava: un Legionario era rimasto vivo. Perché non l'aveva sbranato?

Lentamente riuscì ad alzarsi, e per la prima volta si esaminò il braccio sinistro. Era completamente fasciato da cinghie di cuoio che gli coprivano parte del petto, fino alle mani.

Fece per slegarle e scoprire il braccio, quando una voce fin troppo familiare lo fermò. — Non farlo.

Era il Nero.

— Dove siete? Fatevi vedere.

Blackmore non riusciva a capire da dove provenisse la voce.

— Io ti chiedo, Blackmore, cos'ho fatto per meritarmi la tua ingratitudine? — continuò il Nero. — Vuoi forse tradirmi?

Blackmore sussultò. — No, mio Signore. Assolutamente!

— Meglio così, Blackmore — rispose con freddezza il Nero. — Per esserne sicuro, ho deciso di eliminare la tua ciurma e mandarti cinque nuovi amici.

Blackmore trasalì. Era certo che fosse stato il Nero, ma averne la conferma fu un duro colpo. E lui che pensava di essere il favorito del Signore Oscuro! Immaginava addirittura che un giorno il Nero avrebbe spartito il potere solo con lui, e invece...

— Non sei niente, Blackmore — sibilò il Padrone, come se gli avesse letto nel pensiero. — Sei solo un servo, come tutti gli altri, e non ti permetto di dubitare di me. Questo dovresti saperlo — aggiunse la voce del Nero. — Ma sei stato bravo, hai annientato quattro Legionari. Per questo non ti ho sacrificato.

— Legionari?

— Sono il mio esercito, Blackmore. Un esercito che non può essere sconfitto, perché le sue schiere non si esauriscono mai.

Blackmore tacque per un istante, turbato.

— Ma tu hai altro a cui pensare. Devi portarmi il ragazzino, e la mappa. Te lo ricordi questo, vero?

— S-sì... — rispose Blackmore, titubante.

— Non sei convinto, Blackmore. Cosa ti è successo? Eri così freddo, solo qualche tempo fa. Adesso, invece, esiti. Hai dimenticato il giorno in cui ci siamo incontrati?

No, Blackmore non aveva dimenticato. Il Nero aveva *davvero* spalancato le porte dell'inferno davanti ai suoi occhi, su orde di demoni urlanti, e gli aveva mostrato il Potere.

— Lo vuoi ancora, Blackmore? Brami ancora il Potere? — chiese la voce del Nero, e nella cabina si compì un orrendo prodigio.

Tutte le visioni che avevano sedotto Blackmore la prima volta si manifestarono nuovamente, quasi palpabili. E Blackmore si ritrovò su una montagna di monete d'oro, a brindare con raccapriccianti calici che altro non erano che i crani dei suoi nemici, e vide i popoli prostrarsi davanti a lui per adorarlo come un dio.

Ma, proprio all'apice di quella visione, qualcosa emerse dalle profondità della sua mente, un'immagine ancora più forte. Sentì il cumulo di monete dissolversi e si vide precipitare in un gorgo simile a una mostruosa bocca che si apprestava a inghiottirlo.... Poi il Nero si sporse verso di lui per trarlo a sé, salvandolo da quell'abisso.

Blackmore si ritrovò disteso a terra, con la voce del Nero che ancora gli echeggiava nelle orecchie.

— Blackmore! Non ci sarà nessun altro modo per salvarti. Io sono il tuo Padrone, e tu sei la mia creatura più grande!

Poi tutto finì.

Blackmore chiuse gli occhi.

Quando li riaprì, uno scintillio malefico gli illuminava le pupille. Si rialzò, più forte, con le membra frementi di energia.

— Sì, il Potere!

Avvolto dal suo mantello nero, tornò sul ponte e vide la sua vecchia ciurma di nuovo lì, ad attenderlo.

Un pirata si fece avanti. In mano reggeva una spada di cristallo nero, e la tendeva solennemente verso di lui.

— Bentornato tra noi, capitano — disse l'uomo.

Blackmore afferrò la spada e la brandì davanti a sé.

— Grazie, marinaio. — Salì sul cassero di poppa e si rivolse all'equipaggio. — Uomini! Sono tornato tra voi. Il nostro obiettivo è la nave di Yellowbeard. Laveremo il ponte con il sangue della sua ciurma — gridò sollevando la spada verso il ciclo.

Gli uomini esultarono e Blackmore non riuscì a trattenere una risata soddisfatta.

Poi si ritirò nella sua cabina. Alcuni lo udirono farfugliare: — Il Potere...! Il Potere...!

Le voci che davano Blackmore per affogato tra le onde dell'oceano furono spazzate via in un attimo al suo approdo a Tortuga, e lasciarono il posto alla paura.

Ma gli abitanti della città furono fortunati; quel giorno Blackmore aveva altro da fare.

Seguito da metà della ciurma, si inoltrò tra i viottoli del borgo, e al suo passaggio la gente si faceva da parte in un silenzio attonito. I racconti sempre meno vaghi riguardo a un suo ritorno erano confermati.

Sembrava ancora più forte e più crudele. Quelli costretti a parlare con lui, perché interrogati direttamente, rispondevano rapidi, balbettanti, senza mai fissarlo negli occhi.

Prima di mezzogiorno Blackmore aveva già scoperto ciò che gli interessava: la rotta di Yellowbeard. Lo avrebbe raggiunto senza problemi e, con buona pace degli abitanti del luogo, decise di riprendere il mare subito, non senza aver prima depredato un paio di taverne per rifornire la cambusa.

Blackmore salì a bordo per ultimo, e osservò la ciurma che si dava da fare per la partenza. Il Nero gli aveva restituito i suoi uomini, così come lo aveva risparmiato dall'essere trasformato in un altro Legionario senza volontà e senza futuro.

Una sorta di dimostrazione di fiducia.

Ora, però, non poteva più permettersi di sbagliare.

Si mise lui stesso al timone: sapeva dove puntare, sapeva come trovare Yellowbeard.

29

L'avvistamento

"Lui si è smarrito tempo fa, proprio come adesso ti stai smarrendo tu!"

Le parole di Elia continuavano a risuonare nella testa di Spinn. Che cosa intendeva dire con "smarrito"? Se si riferiva a suo fratello, non era per nulla confortante.

Spinn aveva la sensazione che ci fosse un legame tra la scomparsa di suo fratello e gli avvenimenti a cui stava assistendo, e le parole del vecchio gli sembravano una conferma. Di *quale* natura fosse quel legame, tuttavia, non ne aveva la più pallida idea.

Sapeva però che non doveva arrendersi. Temeva che fosse accaduto il peggio, che suo fratello fosse morto e che le sue idee si sarebbero presto rivelate delle illusioni infantili, ma una voce, in fondo, lo spingeva a sperare.

E poi c'era il Signore Oscuro: avrebbe voluto saperne di più, e capire perché cercasse proprio lui. Forse conosceva suo fratello, il suo unico legame al mondo.

Forse il Signore Oscuro conosceva tutta la verità.

Ma Spinn doveva anche fare i conti con la realtà: era

solo un ragazzino, un mozzo che riusciva a malapena a difendersi. Non aveva molte speranze di affrontare un essere così potente.

Spinn stava piangendo, quando qualcuno gli toccò una spalla. Si affrettò ad asciugarsi gli occhi con il dorso della mano, prima di voltarsi.

— Qualcosa non va, Spinn? — chiese O'Fire.

Spinn si scrollò la mano dalla spalla. — Non sono affari tuoi — rispose brusco, evitando lo sguardo dello scozzese.

— Magari posso aiutarti — insistette O'Fire senza risentirsi.

— Fatti gli affari tuoi — replicò Spinn. Quindi si allontanò di corsa, e si arrampicò sulla gabbia di maestra. Là sopra nessuno sarebbe andato a disturbarlo.

— Capitano! — gridò poi. — Lo faccio io il turno di guardia di Hopkins!

Yellowbeard alzò la testa. — Come vuoi, mozzo.

Spinn sospirò. Ci si metteva anche il capitano a farlo sentire una nullità. Quando avrebbe smesso di chiamarlo mozzo? Forse quando avrebbe saputo affrontare una battaglia senza combinare pasticci. Da solo, gli sembrava impossibile ritrovare suo fratello e tenere fede al giuramento.

"Sarà lui a trovare me" concluse Spinn con un sospiro. "E se mi trova adesso, non avrò nessuna speranza di sopravvivere. Ho bisogno di addestrarmi, di migliorare."

Fu una vela bianca a distrarlo dai suoi pensieri.

— NAVE IN VISTA! — gridò.

— Accidenti, Spinn! È da tre minuti che sei salito là sopra e già ci annunci guai — commentò il capitano sfoderando il cannocchiale. — Sembrerebbe un mercantile, ma è ancora troppo lontano per esserne sicuri. Avanti tutta, ciurma, dobbiamo avvicinarci!

"Ecco un'altra occasione" pensò Spinn. Stavolta avrebbe combattuto, che gliel'avessero permesso oppure no. Non gli importava. Doveva cominciare a farsi le ossa, se voleva affrontare il Signore Oscuro, e aveva perso già fin troppo tempo.

Tutte le vele della *Seabelt* si gonfiarono imperiose.

— Capitano! Le vele sono spiegate, ma il vento è debole.

— Dannazione, Goldmerry! Sempre e solo cattive notizie dalla tua boccaccia insulsa. Adesso quella bagnarola avrà tutto il tempo di scappare!

La voce di Spinn sciolse ogni timore del capitano.

— Capitano, non c'è alcun bisogno di spiegare le vele! Quegli sprovveduti ci vengono incontro.

— Insolente! Non si contraddice il capitano, lo sai? Quando scendi giuro che ti faccio accecare!

— Per noi è comunque una buona notizia — intervenne Keepfit. — E fatica risparmiata.

— E va bene, va bene! — Yellowbeard si accarezzò la barba. — Ma quando ordinerò l'assalto, mozzo, tu farai parte del gruppo, e non credere che ci sarà qualcuno a salvarti la pelle come l'ultima volta!

"Fantastico" pensò Spinn.

30

Festa di morte a Puerto Nuevo

La *Black Diamond* solcava i mari, silenziosa e veloce come uno spettro.

I soldati della Legione Oscura erano in uno stato catalettico, e di tanto in tanto uno di loro ringhiava per i morsi della fame.

Rummy e Skull erano intenti a osservare una mappa logora, alla luce di una candela consumata. Discutevano animatamente, l'uno indicando con insistenza un'isola con un dito ossuto, l'altro puntandone una diversa.

Il fatto che loro due – a differenza degli altri Legionari – possedessero ancora il dono della ragione, stava diventando un fardello insopportabile. Loro, infatti, erano *consapevoli* della nuova e terribile condizione in cui si trovavano.

— Abbiamo fame, Rummy.

— Lo so, Skull! — sibilò Drinker. — E lì c'è carne a sufficienza!

— Ma non siamo noi a decidere.

— Balle!

— Non ricordi cos'ha detto il Padrone? È la fame a guidarci verso le nostre prede.

Dal ponte si sollevò un grido lancinante. I due smisero subito di discutere e salirono in coperta. All'orizzonte si stagliavano i contorni di un'isola e le luci di un villaggio vicino alla costa. Tutto l'equipaggio fu pervaso da un brivido di animalesca eccitazione.

La fame li aveva portati a destinazione.

Era sera di festa, a Puerto Nuevo. Le strade erano addobbate con lanterne colorate che regalavano all'oscurità lampi sgargianti. Fiori e ghirlande abbellivano le case, la gente era radunata nella piazza centrale a ballare e banchettare, e non c'era spazio per i pensieri tristi, ma solo per la musica.

Quelle feste alleviavano i cittadini dagli affanni quotidiani: era duro sopravvivere coltivando un quadratino di terra sassosa.

Il molo, al contrario della piazza, era deserto, o quasi.

Sulla banchina, stravaccato su dei sacchi gonfi di mais, stava Pedro. Aveva almeno una sessantina d'anni e quella sera, come molte altre, era ubriaco. La testa gli ronzava e il chiasso che arrivava alle sue orecchie non faceva che infastidirlo, invece di rallegrarlo.

Rivolse uno sguardo al mare. Era bello anche di notte, sotto il cielo stellato e senza luna. Pedro ascoltava il suono lieto dello sciabordio dell'acqua contro la banchina e si sentiva molto simile al mare: entrambi erano così solitari e pigri! Pedro amava il mare, anche quando vedeva le sue acque in collera gonfiarsi e sentiva il vento ululare. Era il bello del mare: sempre diverso, eppure sempre uguale.

Gettò lo sguardo lontano, verso l'orizzonte nero.

Da ragazzino guardava spesso l'orizzonte, e immaginava di compiere chissà quali imprese e di intraprendere chissà quali viaggi a bordo di un vascello agile e nobile, con le vele bianche e gli alberi alti e flessuosi che si stagliavano sul cielo.

Ma la vita aveva riservato ben altro, al povero Pedro. Anzi, peggio. La vita non gli aveva riservato nulla di nulla. Almeno fino a quella sera.

Mentre i fumi dell'alcol gli annebbiavano i sensi, gli sembrò di scorgere un veliero in avvicinamento, lento e nero.

Pedro aveva sempre immaginato così la morte. Per lui sarebbe arrivata su un veliero, e l'avrebbe osservata da lontano. Aveva sempre pensato che non avrebbe fatto nulla per fuggire.

Ma ora che la morte si presentava davvero, non era più così tranquillo.

Il veliero si avvicinava. Quando Pedro poté vedere meglio, schizzò in piedi, tremando.

No, non poteva credere ai propri occhi.

— Piantala, vecchio ubriacone! — gli dissero in molti.

Pedro aveva fatto irruzione nella piazza affollata, ma la paura gli aveva permesso solo di emettere un biascichio di parole sconnesse. Nessuno gli aveva creduto.

Lui sapeva che per via dell'alcol spesso immaginava

delle cose, ma non questa volta. Questa volta sapeva che ciò che aveva visto era reale.

Qualche minuto più tardi sentì dietro di sé un ringhio.

Si voltò appena in tempo per vedere due file di denti aguzzi che si spalancavano sulla sua faccia.

I Legionari non risparmiarono nessuno. Le case erano in fiamme e gli ultimi abitanti tentavano, invano, di fuggire o di nascondersi. Ma la città ormai brulicava di Legionari che fiutavano l'aria, avidi, e bastava il minimo odore di sangue fresco per farli scattare verso la vittima.

L'ultimo abitante di Puerto Nuevo morì alle prime luci dell'alba, il suo corpo conteso da quattro Legionari che si avventavano sulle sue carni.

Skull osservava la scena con espressione assente. Era seduto al tavolo di una cantina, e davanti ai suoi occhi giaceva un cadavere sventrato. Si era cibato della carne di quell'uomo quel tanto che bastava a placare la fame, ma poi si era interrotto.

Rummy invece dilaniava tutto ciò che trovava, felice di soddisfare un'esigenza incontrollabile, non diverso dagli altri Legionari.

Si voltò verso il suo compagno. — Ma che cos'hai, Skull?

Skull sapeva che stava per dire qualcosa di sbagliato, ma non riuscì a frenare la lingua. — Non ho fame.

Rummy lo guardò, esterrefatto.

— *Non ho fame* — ripeté meccanicamente Skull,

scandendo con attenzione quelle pesantissime sillabe.

Rummy taceva.

Skull riprese a parlare, mentre la sua voce gutturale era appena alterata da un impercettibile tremolio.

— Guardo il mare, e ogni volta è come se avvertissi qualcosa di stonato. Allora afferro il timone, come se dovessi servirmene, ma poi lo lascio, perché non lo so usare. Eppure sento che non è sempre stato così. Capisci?

Rummy non capiva. Anzi, nella sua testa cominciò a prendere forma l'idea che Skull fosse diverso da lui.

E questo non andava bene.

31

La trappola

Yellowbeard non era convinto, riguardo a quel mercantile. Sì, era pesante, impacciato, ma c'era qualcosa che non lo convinceva, e la conferma arrivò nel pomeriggio.

Il vento aveva ripreso a gonfiare le vele della *Seabelt*, che ora filava velocissima verso l'ignara preda. Yellowbeard, con il suo cannocchiale, distingueva ormai chiaramente la bandiera portoghese, e cercava di aguzzare la vista per cogliere eventuali movimenti sospetti a bordo.

Nel pomeriggio, infatti, per un attimo gli era sembrato di aver visto due ufficiali della Marina Inglese, ma si convinse di essersi confuso.

Invece no.

Quando le navi furono distanti poche miglia l'una dall'altra, il barbuto capitano vide il mercantile issare bandiera inglese e tirare fuori dai boccaporti le file dei cannoni.

"Diamine" pensò Yellowbeard.

Stava per salire sul cassero di poppa per avvertire la

ciurma, quando Spinn gli si parò davanti, trafelato e piuttosto nervoso.

— Capitano, il mercantile non è...

— Lo so, Spinn.

— E adesso? Dobbiamo fuggire.

— Yellowbeard e il suo equipaggio non fuggono mai — rispose laconico il capitano.

— Ma non avremmo possibilità in uno scontro! E invece siamo molto più veloci di loro!

— Ne sei sicuro, Spinn? — gli chiese Yellowbeard, facendo un cenno in direzione della nave inglese.

Il ragazzo si voltò a guardarla e notò decine e decine di casse che galleggiavano nella sua scia.

— Era un carico finto — comprese Spinn.

— Già.

A Spinn si seccò la gola: sarebbe stata la sua vera, prima e ultima battaglia?

Yellowbeard radunò la ciurma, agitando il batacchio della campanella d'ottone, quindi passò in rassegna i suoi uomini. Non appena li guardò in faccia, capì che non c'era bisogno di discorsi: erano già pronti a vendere cara la pelle.

— Uomini! Il nemico oggi batte bandiera inglese e sappiamo quanto sia pericoloso. Ma non importa, abbiamo rischiato le nostre vite innumerevoli volte — disse il capitano guardandoli negli occhi. — Non lascerò che la morte si avvicini, fin quando avrò ancora la forza di sputare sangue! E così farete voi. Combattiamo!

32

Gobbo il Profeta

Riccioli corvini gli coprivano la fronte esangue. Le piccole pupille nere si delineavano nelle iridi di ghiaccio. Le labbra livide e sottili erano piegate in un ghigno di soddisfazione: tutto stava andando secondo i piani.

Il Nero sedeva sul suo trono di marmo e rimirava l'anello di cristallo nero che gli impreziosiva l'indice sinistro.

I soffitti dell'enorme sala del trono si perdevano nell'oscurità di quell'umida fortezza scolpita nella roccia. Diametralmente opposto al trono, stava l'ingresso, sbarrato da un poderoso portone di alabastro.

Due file di Legionari Oscuri, armati e protetti da rozze armature, delimitavano un corridoio che conduceva dritto al Signore Oscuro, illuminato dai bagliori sinistri di due torce a fiamma nera.

Lentamente, i battenti del portone si spalancarono, stridendo contro la roccia.

Quando il Nero alzò lo sguardo, sulla soglia si stagliava una figura minuta e curva, che si poggiava a un bastone nodoso.

I due Legionari di guardia gli sbarrarono il passo, incrociando due alabarde.

— Lasciatelo passare! — ordinò il Nero.

L'ospite si fece avanti zoppicando, il volto protetto da un cappuccio liso. Si intravedeva solo un sorriso sdentato.

— Mio Signore — disse, chinando il capo in segno di saluto.

— Gobbo! — esclamò il Nero appena riconobbe il suo consigliere più fidato. — A cosa devo il piacere della tua visita?

Gobbo esitò, guardandosi attorno: — Questi esseri immondi sono opera vostra?

— Le formule che avevi scoperto mi sono state molto utili — fu l'unica risposta del Nero.

— Ne sono felice, mio Signore.

— Ma dubito che tu sia venuto fin qui solo per rallegrarti dei miei successi — disse il Nero con un sorriso ironico. — Qual è il motivo di questa tua inaspettata visita?

— Nessuno, mio Signore — rispose Gobbo inchinandosi di nuovo con esasperata lentezza. — Per me non c'è gioia più grande dell'avervi reso utili servigi.

Il Nero sorrise di nuovo. — È un pensiero che rende onore alla tua saggezza. Gli sciocchi mortali credono sempre di meritare qualcosa in cambio.

— Oh sì, lo so bene — replicò Gobbo. — Ma dopo la strage a Puerto Nuevo, ci penseranno tutti due volte prima di chiedervi dei favori.

Il Nero annuì, compiaciuto. — Era solo l'inizio. Verrà il momento in cui il mondo intero dovrà piegarsi sotto una cappa d'orrore e sangue.

— Ma ricordate, mio Signore — continuò Gobbo — che, fino a quel giorno, non dovrete rivelare la vostra presenza.

— Qualcuno ha già dei sospetti, in realtà — confessò il Nero. — Ma quando capiranno, sarà troppo tardi.

— So quello che è successo con il vecchio Elia.

— Quel maledetto! — tuonò il Nero alzandosi di scatto dal trono, in un gesto d'ira. — Non sono riuscito a prendergli la mappa.

— Calmatevi, mio Signore — lo invitò il consigliere. — Non potranno utilizzarla, se non sanno come.

— Ho bisogno di quella Clessidra — ringhiò il Signore Oscuro, fremente di rabbia e desiderio. — Dev'essere mia, al più presto. Ma senza la mappa...

— Prima di tutto, il ragazzino — gli ricordò Gobbo. — E che sia vivo, questo è importante.

Il Nero ritrovò finalmente la calma.

— Ce l'ho quasi, Gobbo.

— Non so se Blackmore sia la persona giusta, non sono nemmeno certo che abbia apprezzato il dono che gli avete fatto.

Il Nero guardò Gobbo minaccioso. — Non permetto a nessuno di mettere in dubbio le mie decisioni — sibilò. — Nessuno mi è indispensabile. A un mio cenno, uno solo, questi Legionari sarebbero pronti a saltarti addosso e sbranarti fino all'ultima oncia di carne.

— Mio Signore, sappiamo entrambi quanto io ti sia indispensabile — sussurrò Gobbo senza scomporsi.

Il Nero gli indicò la porta con un gesto brusco. — Ne

ho abbastanza di te, per oggi. Torna a marcire nelle fogne da dove sei venuto.

Gobbo indietreggiò, sorridendo. — Come volete, Signore Oscuro. Come volete.

Mentre usciva, sapeva che sarebbe stato richiamato al suo cospetto molto, molto presto.

33

All'ultimo sangue

Lancaster guardava la *Seabelt* avvicinarsi. Avevano issato la bandiera rossa. Sorrise. Quel branco di animali si aspettava davvero di essere in grado di combattere contro la Marina Inglese. Ci sarebbe stato da divertirsi.

Ripose il cannocchiale e osservò compiaciuto il proprio equipaggio. Tutto era pronto come in una perfetta macchina da guerra: gli uomini al loro posto, i cannoni lucidi e carichi, le divise in ordine.

A mano a mano che la *Seabelt* e la *Firestorm* si avvicinavano, Yellowbeard sentiva che qualcos'altro non quadrava. Avvertiva una strana sensazione nell'aria. Guardò il suo nemico, sul ponte dell'altra nave, e capì che questa volta vincere la battaglia sarebbe stato di vitale importanza.

— Soldatino — gridò — non sarebbe buona educazione presentarti?

— Il mio nome è William Robert Henry Lancaster, ammiraglio della Marina di Sua Maestà, la Regina d'Inghilterra — rispose Lancaster avvicinandosi al parapetto per guardarlo meglio in faccia. — Ricordalo bene, perché è il nome di colui che ti toglierà quel ghigno dal muso, sciocco pirata.

Yellowbeard sorrise. Fu un attimo, poi ordinò: — Fuoco! — e una scarica di proiettili investì la *Firestorm*.

Lancaster cadde a terra, sorpreso dalla potenza dell'urto.

Esterrefatto, si puntellò sulle mani. La divisa si era strappata. — Maledetto! — gridò, gonfio d'ira. — Uomini! Rispondete al fuoco!

Solo un paio di cannonate raggiunsero la nave pirata.

Yellowbeard scoppiò a ridere. — Tutto qui, ammiraglio?

Un'altra raffica partì dai cannoni della *Seabelt*. Adesso i colpi erano tutti diretti verso il ponte. L'equipaggio di Lancaster si ritrovò investito da una potenza di fuoco che non lasciava alcuna via di fuga. In breve, sulla *Firestorm* si scatenò l'inferno.

— Uomini! — ordinò l'ammiraglio. — Preparatevi al corpo a corpo!

Yellowbeard strabuzzò gli occhi. Era la prima volta che veniva arrembato. — Per mille diavoli! Avete sentito, ciurma? — disse. — Vogliono un *corpo a corpo*! E noi, che siamo pirati educati, li accontenteremo! Sempre che riescano a saltare a bordo.

La *Firestorm* eseguì delle complicate manovre di avvicinamento, mentre i cannonieri sparavano dei colpi per tenere impegnato l'equipaggio nemico. Yellowbeard e i suoi resistevano, pronti a riceverli, mentre tentavano di sfuggire all'arrembaggio e rispondevano al fuoco.

In pochi minuti la *Firestorm*, agile e manovrata con grande abilità, fu in posizione, e l'equipaggio si preparò all'assalto.

Davanti a loro si materializzò un muro di uomini o, peggio, un muro di *pirati*, che gridavano e li incitavano a farsi sotto.

— In nome di Sua Maestà la Regina e della nostra Patria, l'Inghilterra, all'attacco, marinai! — ordinò Lancaster.

— Avanti, ciurma! — gridò a sua volta Yellowbeard.

Fu lui il primo a gettarsi nella mischia, con lo stesso presentimento di un vecchio leone prima della sua ultima caccia.

E la ciurma lo seguì.

34

Senza scampo

Spinn era in prima linea. All'inizio era stato a manovrare i cannoni, ma poi, quando la battaglia era entrata nel vivo, aveva afferrato una sciabola e cominciato a combattere.

Si era trovato una posizione un po' defilata dalla quale, di tanto in tanto, si arrischiava in letali e rapide incursioni, cercando di sfoltire lo spaventoso numero di avversari che continuavano a saltare a bordo.

Nella mischia, O'Fire brandiva la famosa ascia dal manico in frassino – ormai la *sua* ascia – e con quella si divertiva a creare il vuoto attorno a sé, facendola roteare nell'aria. Sembrava imbattibile.

Anche Goldmerry, che saltava da una parte all'altra come un babbuino, non risparmiava i nemici che gli si facevano intorno.

Kook adoperava invece la sua mannaia da cucina, senza pietà. Keepfit aveva optato per un *kriss*, un pugnale dalla lama ondulata proveniente dalla lontana India.

Spinn sopperiva all'inesperienza con agilità, velocità e scaltrezza. Se non aveva abbastanza spazio per fendere e affondare, sfuggiva agli avversari scivolando tra le loro gambe come un'anguilla. Altrimenti, faceva saettare rapido la lama e si ritraeva dopo l'affondo, come gli aveva insegnato O'Fire.

Yellowbeard gettò un rapido sguardo alla *Firestorm*. Lancaster era rimasto a bordo e mandava avanti i suoi uomini, tenendosi fuori da ogni pericolo.

Per i pirati la battaglia stava procedendo per il meglio: respingevano gli assalti nemici senza alcuna difficoltà, e così l'attacco cominciava a scemare. Yellowbeard decise perciò di passare al contrattacco. — Adesso tocca a noi, ragazzi! All'arrembaggio!

E i pirati, spinti dall'impeto del successo, obbedirono: scaraventarono in acqua i nemici rimasti sul ponte della *Seabelt* e si gettarono sulla *Firestorm*.

— All'arrembaggio! — gridò anche Spinn, elettrizzato. Afferrò una fune, si diede lo slancio e saltò sul veliero avversario.

I soldati della Marina fecero immediatamente quadrato attorno all'ammiraglio Lancaster, stremati. Solo gli ordini li spronavano a resistere. — Uccideteli, questi pirati bastardi! Uccideteli tutti o dopo ve la dovrete vedere con me!

Ma, mentre gli uomini erano presi dalla battaglia, un boato risuonò assordante alle loro spalle.

— Che diavolo...? — esclamò Yellowbeard. Ma, non appena si voltò, sul suo sguardo calò lo sgomento.

La *Seabelt* era saltata in aria, i rottami ancora in volo. In fiamme, ormai sventrata, cominciò lentamente ad affondare, trascinando con sé i pirati che erano rimasti sul ponte.

— Non è possibile... Non è possibile! Devono aver colpito in pieno la santabarbara! — gridò Goldmerry.

Non c'era più nulla da fare per il vascello. In una manciata di secondi, ricordi di antiche battaglie e tesori sembrarono svanire nel nulla. Un solo attimo era bastato per privare completamente i pirati di ogni spirito guerriero.

Gli avversari esultarono. Affondata la *Seabelt*, sembrava affondata anche buona parte della temerarietà di quei briganti.

Le sorti dello scontro si capovolsero.

Lancaster esultò, e finalmente si gettò anche lui nella mischia.

— Avanti, uomini! La fortuna ci è propizia! Massacriamoli tutti! Non voglio che uno solo di questi banditi rimanga in vita.

I bucanieri cadevano uno dopo l'altro, ormai allo sbando, sotto i colpi dei soldati inglesi.

Lancaster stesso faceva sfoggio di tutte le sue abilità di spadaccino, mietendo vittime a ogni affondo. — Morte ai pirati! — continuava a gridare, inarrestabile.

Spinn parava con la forza della disperazione gli attacchi simultanei di molti avversari, e più volte fu costretto a cercare una via di fuga. Mentre riprendeva fiato, udì un trambusto alle sue spalle, e fece giusto in tempo a schivare il colpo di Lancaster.

— Piccolo cane! Così giovane, hai già scelto di unirti a questa schiera di rinnegati? — disse, calando un fendente.

Spinn fu abile nello schivare la lama, ma rispose con eccessivo slancio. Si sbilanciò in avanti, verso il suo avversario, e si ritrovò prono a terra.

— Ti risparmierò una vita di degrado — esclamò Lancaster, ma ancora una volta Spinn evitò il colpo, rotolando di lato. Le cose si mettevano male, e stavolta non c'era O'Fire a tirarlo fuori dai guai.

Scattò in piedi, giusto in tempo per parare una serie di sferzate che si abbatterono sulla sua sciabola. Stava per rispondere all'attacco, quando un altro colpo, violento e preciso, gli fece volare via l'arma.

Spinn arretrò fino al parapetto, senza scampo.

Lancaster calò la spada verso la sua testa, e lui cercò di proteggersi con le braccia. Poi udì un cozzare metallico, aprì gli occhi e vide, a pochi centimetri dalla sua faccia, due spade incrociate.

C'era ancora Lancaster, a denti stretti. E Yellowbeard.

Il capitano scosse il capo, sorridendo.

— No, no, Lancaster. Così non va — disse. — Prenditela con quelli della tua taglia.

Ti pentirai della tua generosità, Yellowbeard. Cosa vuoi che valga la vita di questo ragazzino?

Yellowbeard lo guardò torvo. — Ti basti sapere che per me vale più della tua. — Si lanciò all'attacco, ma l'ammiraglio non si lasciò sorprendere e con abilità parò il colpo del pirata.

— Ti hanno educato bene, le dame di corte — lo provocò Yellowbeard, riprendendo fiato.

— Non hai niente da ridere, feccia! — e Lancaster si gettò di nuovo contro l'avversario.

Fu uno scontro durissimo. Nessuno dei due riusciva a mettere a segno il colpo decisivo e il ritmo del combattimento non accennava a diminuire tra schivate, parate, finte e controfinte.

Se uno inciampava in qualche cadavere, l'avversario non riusciva mai ad approfittarne. Fu un istante a decidere il duello. Yellowbeard stava menando un fendente violentissimo, quando scivolò sul ponte bagnato di sangue. Un attimo dopo la spada di Lancaster lo stava trafiggendo, da parte a parte, all'altezza del cuore. La bocca di Yellowbeard schiumò rosso.

Tutti a bordo, soldati e pirati, si fermarono.

Yellowbeard cadde in ginocchio. Raccolse le ultime forze per gettare la sciabola in mare.

— Hai avuto fortuna — rantolò, rivolto a Lancaster. — Ma non credere che… che… che riuscirai… a vincere.

Lancaster rigirò crudelmente la spada nella ferita di Yellowbeard. Poi, con un movimento deciso, la estrasse e la usò per sgozzarlo. E sorrise.

Doveva finire quello che aveva lasciato in sospeso.

Spinn era già davanti a lui, nelle mani stringeva una sciabola presa a uno dei nemici morti. Tremava di rabbia. Gridò, un urlo rauco, pieno di dolore.

Poi attaccò, con un impeto tale da far vacillare persino Lancaster.

I pirati si ripresero. Dopo la morte del capitano avevano avuto un attimo di smarrimento, ma la furia di Spinn li scosse. Non potevano permettere che Yellowbeard fosse caduto invano, ucciso da un arrogante ufficiale inglese in pantaloni bianchi.

Si gettarono nuovamente contro i soldati, con rinnovata determinazione.

Nel frattempo Spinn se la vedeva con Lancaster, senza lasciargli un attimo di respiro. Non aveva una tattica, né una strategia. Era guidato solo da un cieco e folle desiderio di vendetta. Lancaster era all'angolo, parava i colpi ma non attaccava.

La battaglia stava di nuovo cambiando corso: i suoi uomini cadevano come mosche, incapaci anch'essi di respingere la rinata forza dei bucanieri.

Fu allora che Lancaster decise di ricorrere all'unica arma che gli era rimasta. Mentre parava i colpi di Spinn, fece un gesto a un marinaio, e quello corse sottocoperta.

Spinn sentiva che la sciabola diventava, colpo dopo colpo, sempre più pesante. I fendenti erano meno incisivi e Lancaster faticava sempre meno nel pararli. Le lacrime gli offuscarono la vista per un attimo. Con un colpo improvviso, Lancaster ne approfittò per disarmarlo ancora una volta.

Aveva perso. Era stato sconfitto.

Poi, nell'aria risuonarono tre colpi di cannone, in rapida successione.

Da dietro l'isolotto spuntò un galeone. Erano i rinforzi per Lancaster, come aveva sospettato Goldmerry.

— Forza, ragazzi! — gridò O'Fire. — Lasciamo a questi damerini un ricordo delle nostre sciabolate!

Consapevoli che quello sarebbe stato il loro ultimo assalto, i pirati si gettarono sui soldati della Marina.

— Ti aspetta il patibolo, ragazzino — disse Lancaster a Spinn, rinfoderando la sciabola. — Non voglio che tu muoia pensando di essere un eroe.

Spinn osservò i suoi compagni combattere, disperati. Stavano per sopraffare l'equipaggio di Lancaster, e non importava se un altro sarebbe presto arrivato per metterli in catene.

Combatterono, fino alla fine.

35

Blackmore arriva tardi

I rottami della *Seabelt* galleggiavano pigramente sul mare calmo.

Blackmore si infuriò, quando vide quello che era successo. La polena della *Seabelt*, cullata dai flutti, era bianca come un cadavere.

Poi, notò l'Union Jack lacera galleggiare sull'acqua e capì. Ci si metteva anche la Marina Inglese, adesso.

Per lui la missione si complicava. Il ragazzino, sempre che si fosse salvato dal combattimento, era stato fatto prigioniero, e questo significava che era in viaggio verso Londra. Il capitano non poteva rischiare che gli inglesi catturassero anche lui, il Nero non si sarebbe mai esposto per salvarlo.

Rientrò in cabina e versò il liquido bluastro sul vassoio.

Si concentrò. Dopo pochi minuti, apparve il volto del Signore Oscuro.

— Blackmore! Hai buone notizie, spero.

— No, mio Signore. Un imprevisto. La Marina Inglese ha distrutto la *Seabelt*.

Il viso del Nero si distorse, contrariato. — Ne sei sicuro?

— Sì, mio Signore. Nessun mercantile avrebbe mai attaccato Yellowbeard. Credo che la Marina stia conducendo i prigionieri a Londra.

— ... per impiccarli, dannazione! Questo non deve accadere! Il ragazzo mi serve vivo! Ho bisogno che il suo sangue sgorghi dal suo corpo ancora in vita.

— Padrone, non posso andare a Londra. Farei la loro stessa fine.

— Certo che non andrai a Londra, Blackmore. La situazione è troppo delicata per lasciarla solo nelle tue mani. Ci penserò io ad aiutare quel ragazzino.

36

Sangue, morte e tradimenti

Erano cinque i villaggi annientati dall'insaziabile fame delle creature, e cominciava già a diffondersi la leggenda dei demoni venuti dall'inferno.

Ma Skull, Rummy e la loro ciurma non erano mai stati all'inferno. Le loro anime non avevano nemmeno fatto in tempo a librarsi nell'aria, che il corpo aveva subito ripreso vita, anzi, una *non-vita*.

Rummy, dopo il primo banchetto, aveva tenuto d'occhio Skull, notando che negli occhi del suo compagno non c'era alcuna traccia di appagamento. Era sospetto. Persino quando si gettava sulle sue vittime, sembrava provare pietà per loro. I denti di Skull affondavano nella carne viva, si dissetava con il loro sangue, ma non c'era convinzione, non c'era *odio*.

Rummy non voleva parlarne al Nero. Non sapeva quali sarebbero state le conseguenze. Ma Skull non gli stava lasciando scelta.

Quel giorno la *Black Diamond* stava per approdare in un nuovo porto, in cerca di nuove vittime da straziare e divorare.

Rummy si accorse subito che qualcosa non andava. I Legionari mugugnavano, come indispettiti, e lanciavano occhiate ostili verso il molo ancora lontano.

Skull uscì dalla sua cabina. — Che succede?

— Non lo so. Ma non si erano mai comportati così, prima di un assalto.

— Già, sembrano contrariati.

— Continuano a indicare il molo.

Skull guardò lontano, a prua. — Non ci vedo nulla di strano. Solo un galeone ancorato.

— Ma qualcosa deve pur esserci — replicò Rummy. — Il loro istinto non mente.

— Aspettiamo di essere più vicini.

Quando la *Black Diamond* approdò, fu accolta da uno strano silenzio, sinistro persino alle orecchie del suo equipaggio.

Guardinghi, i Legionari scesero a terra. C'era un'immobilità innaturale.

L'armata demoniaca cominciò ad avanzare compatta verso il cuore del paese, con i sensi all'erta. Non c'era un solo abitante in giro, e le finestre non tradivano alcun movimento all'interno.

Skull e Rummy annusavano l'aria. Quell'odore quasi impercettibile che sentivano era l'esalazione di cadaveri smembrati. Sbranati.

Rummy si gettò in avanti, con un latrato. Uno scheletro completamente scarnificato giaceva sulla strada umida, con le ossa che gocciolavano una sostanza viscosa.

Della bava nera.

Il sospetto divenne certezza, l'odore sempre più forte, gli scheletri sempre più numerosi, mentre le ossa spolpate sembravano marcare un macabro sentiero.

Si ritrovarono nella piazza principale del paese. Lì stava un'orrenda pila di scheletri, e gruppi di *altri* Legionari le giravano attorno.

Non appena la Legione individuò i suoi simili, si scatenò il finimondo. I due branchi di creature si scagliarono l'uno contro l'altro, mossi da una ferocia sovrannaturale. Combattevano, squartandosi a unghiate e strappandosi le carni a morsi, fino ad ammazzarsi, spandendo sangue violaceo e brandelli di viscere oscene.

Mentre Rummy e Skull si scagliavano anch'essi nella battaglia, risuonò un colpo di pistola. Ringhiando, tutti i Legionari si voltarono.

Ritta sul cumulo di scheletri, stava una figura imponente e minacciosa; in testa calzava un tricorno e indossava una larga giacca di feltro nero. In una mano, alzata verso il cielo, stringeva ancora la pistola fumante; nell'altra, una sciabola d'oro.

Rummy lo riconobbe all'istante. — Corsaired! — sussurrò esterrefatto. Ma il pirata lo udì.

— Chi ha parlato? Chi conosce il mio nome? — chiese ringhiando.

Rummy si fece avanti, con un ghigno. — Io.

— Vedo che anche tu sei cambiato parecchio — commentò Corsaired riconoscendolo. Si sfilò il giaccone, sotto il quale indossava una logora camicia.

Neanche lui era diverso da Rummy e dagli altri.

Le carni in putrefazione, aveva il volto ridotto a un teschio, i denti affilati e il viso macchiato dal sangue di vittime innocenti.

— Non pensavo che ti avrei rivisto, dopo l'impiccagione — disse Rummy.

— Invece rieccomi qui, scampato all'inferno per un pelo.

— E così il Signore Oscuro ha messo anche te a capo di questa feccia affamata.

— Ti illudevi forse di essere l'unico? La Legione Oscura si sta propagando per il mondo intero.

— Questo territorio però è nostro. Voi non dovreste essere qui — replicò Rummy con un ringhio. Corsaired scoppiò in una risata di scherno.

— Non cederò il passo a un vecchio ubriacone e a un esperimento riuscito male.

— Di che parli? — esclamò Drinker.

— Guarda il tuo compare. È imperfetto, come il mio servo.

Rummy notò per la prima volta l'essere al fianco di Corsaired e riconobbe subito il vagabondo che era capitato alla locanda di Cromwell. Nel suo sguardo, come in quello di Skull, non c'era ferocia.

— Abbiamo fame, e questo basta — disse, cercando di capire quale fosse il nesso tra i due.

— Fame? Voi non sapete nemmeno cos'è, la *fame* — replicò Corsaired con sdegno, e sputò sul mucchio di scheletri ai suoi piedi.

Ma Rummy non si lasciò impressionare. — Combatteremo, per stare qui!

Corsaired fece un'altra risata stridula.

— Sei un illuso, Rummy. I miei soldati sono più accaniti dei tuoi. E sicuramente più affamati di lui — disse indicando Skull. — Perché le sue carni non fremono? Perché i suoi occhi non roteano come impazziti alla ricerca di carne fresca?

Rummy d'un tratto capì. Skull non fremeva, i suoi occhi non guizzavano in cerca di carne fresca. Era un esperimento imperfetto. E adesso che osservava la ciurma di Corsaired, si rendeva conto che il pirata aveva ragione. Erano più forti, più veloci, più grossi.

Poi, inaspettatamente, Corsaired aggiunse: — Ma tu non devi preoccuparti.

Rummy lo squadrò, sospettoso.

— Non c'è motivo di scontrarci tra noi, Rummy. Siamo tutti devoti al Signore Oscuro, è lui che ci ha creati, perché non unirci? Pensa! La mia potente ciurma supportata dalla tua.

— Non ci staremo mai, su una sola nave...

— Ma il Padrone sa di Skull, e di quelli come lui. Quelli difettosi. Il suo ordine è stato chiaro, tutto dev'essere perfetto.

Rummy rivolse all'altro un agghiacciante sguardo d'intesa.

Corsaired sorrise. — Siamo in troppi, su quest'isola.

Rummy capì al volo.

Guardò Skull. Qualche decina di metri più in là, era circondato da un gruppo di Legionari a cui si era aggiunto anche il servo di Corsaired. Avevano tutti la sua stessa espressione assente.

Corsaired si avvicinò a Rummy e gli mise una mano ossuta sulla spalla. — Non sono degni di servire il nostro Signore.

Rummy fece un cenno ai propri Legionari. In breve

tutta la ciurma, tranne i non-morti dall'espressione assente, si radunò attorno a Skull.

Lui li guardò con disinteresse.

Rummy ringhiò, passandosi la lingua sui denti affilati. — Ciao, Skull.

Skull non oppose resistenza, e nemmeno gli altri Legionari imperfetti come lui. Semplicemente, si lasciarono sbranare senza un sussulto, né un grido. Sangue livido sprizzò nell'aria.

Rummy si pulì il viso. Non gli piaceva che il sangue dei suoi simili macchiasse il suo volto, e nemmeno i Legionari di Corsaired sembravano gradirlo.

— Ottimo lavoro, Rummy. Molto bene — si congratulò Corsaired.

— Chi non ha brama di carne non merita di servire il Padrone — si limitò a replicare l'altro.

— Tra poco saremo nuovamente in viaggio. Siamo numerosi, potremmo invadere una città.

Rummy fremette. — Migliaia di persone, carne fresca, sangue caldo.

Corsaired si passò la lingua sui denti. — Ne sento già il sapore in bocca.

Si arrampicò nuovamente sulla pila di scheletri. — Legionari! La fame ci guida verso le città. Lì troveremo ciò che placherà la nostra brama di sangue! E se poi la fame esigerà un nuovo tributo, assaliremo città sempre più grandi. Non ci saranno limiti, per noi...

37

Prigionia

Spinn si risvegliò con la nuca dolorante. Che cos'era successo? Pian piano i ricordi riaffiorarono alla mente. Si ricordava che era arrivata un'altra nave, di supporto a Lancaster, e che i suoi compagni alla fine erano stati costretti a gettare le armi.

Lui invece aveva opposto resistenza. Non aveva potuto sopportare quella scena umiliante, e così si era scagliato di nuovo verso Lancaster. Ma non aveva fatto che pochi metri, e qualcuno l'aveva stordito con un colpo ben assestato.

Adesso era a bordo di un'imbarcazione, forse proprio la *Firestorm*, o forse l'altra nave, di cui non conosceva il nome.

Ma di una cosa era certo: era prigioniero, e lo aspettava la forca.

Seduto sul pavimento, dei pesanti bracciali di ferro saldati a delle catene gli tenevano le braccia legate e tese verso l'alto.

C'erano altri prigionieri attorno a lui, desolati, con le teste basse e lo sguardo spento o gli occhi chiusi: O'Fire,

Keepfit, Kook. E anche Goldmerry, ma quest'ultimo dormiva della grossa, e russava rumorosamente.

"Il solito Goldmerry! Lui sì che non si abbatte mai" si disse Spinn, lasciandosi sfuggire un sorriso.

Nonostante quell'immagine paradossale gli avesse messo addosso una gran voglia di ridere, un altro ricordo, ben più crudo, riaffiorò nella sua testa. Il ponte di una nave e una pozza di sangue. Nel mezzo, il corpo straziato del capitano Yellowbeard.

— Ben svegliato, Spinn — gli disse O'Fire, con un sorriso triste.

— Felice di vedervi, ragazzi... — Il tono di Spinn non era certo più allegro.

Per qualche minuto calò il silenzio. Nessuno aveva voglia di parlare.

Fu Spinn, poco dopo, a non resistere. — È la prima volta?

— A cosa ti riferisci? — rispose O'Fire, colto di sorpresa.

— È la prima volta che ti capita? Di essere catturato, intendo.

— Sì e no.

— Che vuoi dire?

— Nella mia lunga vita non ho fatto solo il pirata. Ho combattuto per terra e per mare, come ti ho già raccontato. Mi sono ritrovato nelle mani dei miei nemici diverse volte, a un passo dalla fine, e l'ho sempre scampata. Ma non ero mai stato catturato da pirata. E nemmeno Yellowbeard.

Spinn si rattristò nuovamente, al pensiero di Yellowbeard. Ma decise che non era il momento di abbandonarsi alla rassegnazione.

— O'Fire, dev'esserci un modo per scappare!

O'Fire sorrise. — Qui siamo nelle mani della Marina Inglese. È la fine del viaggio, ci aspetta la forca.

Lo scozzese chinò il capo. Spinn scosse le catene che gli legavano le braccia. — Non possiamo arrenderci. Siamo pirati, maledizione! Yellowbeard avrebbe cercato di spezzare queste catene a morsi, se fosse stato qui!

— Se anche riuscissimo a fuggire, si scatenerebbe una caccia all'uomo. Pensa che onta sarebbero per la Corona, cinque pirati fuggiti e a piede libero per il Regno.

— Tu potresti guidarci, hai già affrontato situazioni simili.

— Ma all'epoca avevo degli amici da cui rifugiarmi — replicò O'Fire. — Avevo il mio clan! Adesso, invece...

— Qualcuno sarà ancora vivo! E potrà pur darti una mano!

— Non più, Spinn. Non più... Troppo tempo è passato. Troppo.

— Non capisco, O'Fire.

D'improvviso, nel corridoio risuonarono dei passi marziali. I prigionieri, eccetto Goldmerry che continuava a dormire imperterrito, alzarono lo sguardo verso la porta che si apriva.

Era Lancaster.

Il suo volto era contratto in un sorriso beffardo e soddisfatto.

— Ma bene! — esclamò. — Ecco quel che resta della ciurma di Yellowbeard.

Spinn sussultò. Davvero loro cinque erano gli unici sopravvissuti? Lancaster parve leggergli nel pensiero.

— Sei sorpreso, piccolo farabutto? Non facciamo prigionieri che non siano importanti. Voi quattro — aggiunse rivolto agli adulti — ci eravate già noti. E impiccarvi a Londra sarà una piacevole incombenza, a cui di certo non cercherò di sottrarmi.

Gli occhi di Spinn lampeggiarono d'odio. — Non finirà così! — gridò disperato.

Lancaster scoppiò a ridere, voltò la schiena e uscì, lasciando il morale dei prigionieri a terra.

— Li ha uccisi tutti, quel bastardo — mormorò O'Fire.

Spinn era furente. — Che cosa possiamo fare?

— Non lo so. Certo mi brucia non poter vendicare i miei compagni.

Il ragazzo si incupì. — La pagherà, vedrai.

Dopo qualche ora, stremato, Spinn cadde in un dormiveglia agitato. La luce là sotto era poca, e l'aria così opprimente da essere quasi soporifera. L'ondeggiare lento della *Firestorm* faceva il resto.

Ma a mano a mano che Spinn perdeva coscienza, le immagini della sua vita cominciarono ad affollarsi nella sua testa.

Rivide la notte terribile del rapimento del fratello, le fiamme che divoravano le case e navi che affondavano, omicidi, morti, assassini, il corpo di Yellowbeard sul ponte, e poi Yellowbeard che si trasformava in Elia, e Rummy Drinker e Skull, e quel Signore Oscuro, senza volto, che allungava gli artigli verso di lui.

Poi la voce di Keepfit, o di O'Fire, che da lontano recitava "La Stabilizzatrice Eterna", e Spinn d'un tratto si svegliò.

Ansimava, ed era in un bagno di sudore. Da quanto tempo era là sotto, a marcire?

Guardò i suoi compagni che dormivano, e afferrò una delle gallette che la guardia aveva gettato sul pavimento all'ora del pasto. Ma quando l'avvicinò alla bocca per addentarla, si accorse che brulicava di larve e di vermi. Disgustato, la gettò lontano e si accoccolò per cercare di dormire ancora. Invano.

38

Scacco alla Regina

La *Firestorm* veleggiava tranquilla e, dopo lunghi giorni di viaggio, era ormai in vista delle coste inglesi. L'equipaggio vittorioso accolse con gioia la vista di quella terra fredda e piovosa. Molti erano caduti in battaglia, ma i sopravvissuti tornavano a casa per raccogliere lodi e onore, nonché per godersi un lungo e meritato riposo.

Non per questo Lancaster aveva allentato il morso della disciplina, anzi. Ci teneva particolarmente a mostrare come il suo equipaggio fosse impeccabile. I suoi superiori l'avevano avvertito: ci sarebbe stata la Regina a riceverlo, al porto di Plymouth, e Lancaster voleva fare bella figura. L'ammiraglio sorrise e rientrò in cabina.

Qualche metro sotto di lui, giacevano i prigionieri. Il viaggio per loro era stato durissimo, sempre legati, nutriti con cibo scarso e di pessima qualità, e ormai anche il più piccolo movimento doveva essere diventato una vera tortura.

Fu un brusco urto a scuoterli dal loro torpore. Le catene sferragliarono, rumorosamente.

Spinn si riscosse. — D-dove siamo?

Dopo lunghi attimi, Kook tentò di rispondergli. — Siamo sulla...

Keepfit mugugnò. — Siamo sulla *Seabelt*...

O'Fire scalciò, ruggendo di rabbia. — La *Seabelt* non c'è più! È affondata, distrutta!

Poi si accasciò di nuovo, sotto il peso delle catene.

Goldmerry si svegliò per il trambusto. — Siamo ancora su quella bagnarola inglese? — chiese, stordito.

Nessuno gli rispose.

— Quindi non ci hanno ancora impiccati? — insistette Goldmerry.

— No.

— Non svegliatemi, quando sarà il momento.

— Hai paura di morire? — chiese O'Fire.

— No — sbadigliò il vecchio — è che non voglio vedere le vostre brutte facce appese a una corda.

Gli altri, malgrado la situazione, scoppiarono a ridere. Poi Spinn fissò negli occhi i suoi compagni.

— Non dobbiamo arrenderci.

Quelli abbassarono lo sguardo.

— Non ci siamo arresi — rispose Kook, muovendo la bocca impastata nel folto degli ispidi baffi.

— Spinn, adesso piantala — sospirò Keepfit. — Non c'è davvero modo di fuggire. E non siamo nelle condizioni di combattere.

— È vero, adesso sarebbe impossibile fuggire, ma quando approderemo, forse se ne presenterà l'occasione — continuò Spinn.

Gli altri non replicarono: erano stanchi dell'insistenza di quel ragazzino e stremati da tutti gli avvenimenti delle ultime settimane.

Un istante dopo, la porta si spalancò e Lancaster apparve insieme ad alcuni soldati.

— Tirateli fuori di lì!

I soldati afferrarono i prigionieri con brutalità.

— ALZATEVI!

A uno a uno, i cinque pirati vennero sollevati di peso e costretti a rimettersi in piedi, malgrado le gambe indebolite stentassero a sostenerli.

In breve si ritrovarono sul ponte, frastornati e accecati dalla luce del giorno.

Erano giunti a destinazione.

Davanti ai loro occhi apparve il molo che la *Firestorm* aveva urtato e, alle sue spalle, la ricca cittadina di Plymouth con la torre del campanile a guardia delle case. Nell'aria risuonarono cinque cupi rintocchi.

Il porto era deserto, a parte uno sparuto drappello di soldati ben schierati: ma non c'era nessuna folla ad acclamarli, nessuna banda e, soprattutto, nessuna Regina. L'ammiraglio si fece largo a spintoni tra i suoi uomini, e scese dalla *Firestorm* cercando di mantenere la calma. Si diresse dal generale che guidava il drappello.

— Che significa?

Il generale lo guardò, impassibile. — Ammiraglio Lancaster, vogliate seguirmi con i prigionieri.

— Esigo una spiegazione.

— Mentre voi portavate a termine la vostra missione, si sono verificati grossi problemi.

— Problemi?

— *Grossi* problemi.

Lancaster, suo malgrado, obbedì.

Scortati da dieci soldati, Spinn, O'Fire, Goldmerry,

Keepfit e Kook, dopo lunghi ed estenuanti giorni di viaggio, erano sulla terraferma.

Il drappello li precedeva, e Lancaster avanzava accanto al generale. — Non c'è una carrozza?

— No.

Lancaster represse l'ira: non aveva affrontato uno dei più temuti pirati dei Caraibi per ricevere un trattamento simile, ma decise di non controbattere. La sua rigida disciplina prevalse sull'orgoglio.

Assieme ai compagni, anche Spinn si era accorto che qualcosa non andava: c'era un silenzio innaturale che gli suonava familiare.

Le imposte delle finestre erano tutte sbarrate, e nessuno si affacciò per dare un'occhiata a quello strano corteo e al quintetto di sordidi prigionieri.

Per quanto tentasse di mostrarsi freddo, Lancaster era attanagliato da un'orrenda sensazione. — Gradirei essere messo al corrente della situazione — disse a un tratto, con un impercettibile tremolio nella voce.

Ma il generale sembrò non sentire.

Lancaster non riuscì più a trattenersi. — Volete dirmi che diavolo succede? Che bisogno c'è di tutta questa riservatezza, se non c'è anima viva in giro?

Il generale non si scompose e parlò in tono calmo, quasi atono.

— Appunto, ammiraglio. E adesso, se volete scusarmi... — e allungò il passo.

Lancaster, per un attimo, rimase indietro, stupito. Poi si affrettò a raggiungere nuovamente l'ufficiale.

— Parleremo nelle prigioni. Quello è un posto sicuro.

— Come sarebbe a dire "sicuro"?

— Dovete avere pazienza.

Lancaster era perplesso.

— È una storia così assurda — aggiunse il generale, scuotendo la testa.

Spinn non si era perso una sola parola. Si sentì pervaso da una nuova speranza.

Dopo una mezz'ora di cammino a ritmo serrato, giunsero davanti a un tetro edificio. Due grandi porte di legno di quercia, rinforzate da pesanti liste di ferro, sbarravano l'entrata. Sul battente di destra era intagliata una minuscola finestrella.

Il generale batté due colpi in rapida successione, e un terzo qualche secondo dopo.

La finestrella si aprì. Due occhi scrutarono la strada e subito dopo si udì un rumoroso clangore. I battenti si aprirono, quel tanto che bastava perché gli ospiti entrassero alla svelta.

Si ritrovarono in un piccolo cortile deserto, battuto dalla pioggia grigia. Sulla destra e sulla sinistra si vedevano degli alloggi eleganti, di fronte all'entrata delle carceri.

— Seguitemi — ordinò il generale, e tutta la compagnia obbedì. Attraversarono rapidamente il piccolo cortile, quindi uno dei soldati del drappello estrasse una chiave arrugginita e con quella spalancò la porta delle prigioni, che dava su una lunga e buia spirale di gradini.

— Accendete le torce — disse il generale.

I prigionieri vennero affidati alla cura delle guardie carcerarie, mentre i due ufficiali rimasero qualche passo indietro per poter discutere tra loro.

Spinn avanzava con cautela, sempre scortato da due uomini di Lancaster. I gradini, oltre che ripidi, erano umidi e scivolosi.

— Scusa amico, ma si può sapere cosa diavolo succede da queste parti? — chiese uno dei soldati alla guardia che faceva loro strada, appena i due ufficiali si furono allontanati.

La guardia scrutò gli uomini con circospezione. Stava decidendo se fosse il caso o meno di raccontare ciò che sapeva.

— Pare che la Regina sia morta.

39

Nelle segrete

Il gruppo intanto era giunto al termine della ripida scalinata, dove si apriva uno stretto corridoio, ai cui lati erano disposte le celle, piccole e anguste.

Il primo a essere sistemato fu Goldmerry, che fu scaraventato contro le pareti rocciose di quella gattabuia; gli altri lo seguirono in rapida successione.

— Mi raccomando, Furge! Occhi vigili e attenti! — gridarono i soldati a quello che per primo doveva montare la guardia. — Il cambio è tra quattro ore.

Stremati, i filibustieri si addormentarono subito.

Spinn si svegliò, infastidito da un persistente gocciolio sulla nuca. Tentò di alzarsi in piedi, invano: era troppo debole.

Quanto tempo era passato dal loro arrivo? Quante ore aveva dormito? Rimase immobile, in attesa di rumori dalle celle vicine. Ma i suoi compagni non davano alcun segno di vita. Poi ricordò all'improvviso quello che avevano sentito a proposito della Regina.

Cosa poteva significare per loro?

Immerso nei suoi pensieri, notò un piatto ai suoi piedi. Non riusciva a distinguerne bene il contenuto, perché la luce irradiata dalle due torce dell'anticamera era davvero flebile, ma decise di intingervi un dito.

Lo ritrasse bagnato. Doveva essere del brodo, che gli avevano servito chissà quanto tempo prima, in cui galleggiavano pezzi di pane ormai ridotti in pappa. Ma non era certo il caso di fare gli schizzinosi, perciò Spinn ingollò tutto, fino a leccare il piatto. Quando non ce ne fu più neanche una goccia, lanciò la scodella contro la parete, solo per sentirne il rumore e rompere quel silenzio inquietante. Dalle altre celle, nessun segno di vita.

Spinn si lasciò nuovamente cadere a terra, ancora debole e stordito.

Al suo secondo risveglio si sentì decisamente meglio. Cominciò a camminare per la cella, dapprima avanti e indietro, a piccoli passi, per riabituarsi al movimento.

Poi batté i piedi a terra, con forza, per riattivare più velocemente la circolazione del sangue.

— Spinn, sei tu? — chiese una voce gracchiante e allarmata.

— Goldmerry! — gridò Spinn, contento per una volta di sentire il vecchio.

— Che Iddio ti benedica, ragazzo. Sei vivo, allora!

— Certo che sono vivo.

— Cominciavamo a preoccuparci. Non hai risposto ai nostri richiami.

— Be', dormivo.

— Non è tempo di dormire, succedono cose strane e conviene stare all'erta. Pare che la Regina sia finita in polvere!

Spinn sobbalzò. — Come sarebbe?

— Sarebbe che nel suo letto non hanno trovato nient'altro che polvere. Per fortuna i guardiani chiacchierano a voce alta, da queste parti.

Spinn non sentì quell'ultima frase. La Regina era morta, polverizzata.

Anche gli altri pirati intervennero nella conversazione.

— Ciao, ragazzi — sussurrò Spinn.

— Perché bisbigli?

— Magari la guardia ci ascolta.

Gli altri quattro pirati scoppiarono a ridere.

— Quello è peggio di te! A giudicare da quanto russa e da quanto whisky beve, possiamo parlare quanto ci pare.

Spinn pensava alla Regina, ma c'era anche qualcos'altro che non gli era chiaro. — Come mai non ci hanno ancora impiccati?

— Hanno guai ben più grossi da risolvere — rispose O'Fire.

— E come lo sai?

O'Fire sospirò. — Era previsto che sarebbe accaduto, prima o poi.

40

Visite dal Male

Parecchi metri sopra le segrete, il generale aspettava con ansia, chiuso nel suo gabinetto.

La porta si spalancò di colpo e Lancaster entrò, con un'espressione contrariata.

— Ancora niente? — chiese il generale, con apprensione. Quei giorni di tensione avevano radicalmente mutato il carattere dell'ufficiale. Lancaster, invece, non aveva perso l'arroganza e il rigido contegno di sempre.

Nell'aria gravava un pesante senso d'attesa.

Lancaster rispose secco. — No.

— Ma non è possibile... — gemette il generale, con la voce strozzata. — Sono otto giorni che è partito, mentre per il viaggio non ne occorrono più di quattro. Dove sarà?

Lancaster non rispose. Il messaggero inviato a Londra non era ancora tornato, ma non potevano fare altro che sperare.

— Come fate a rimanere così impassibile? — commentò il generale. — È come essere sotto assedio, senza sapere chi sia il nemico, da dove possa arrivare o quale sia il motivo dell'attacco...

Un grido strozzato risuonò lontano, seguito da orrendi latrati.

Il generale scattò in piedi, mentre Lancaster sguainava la spada, e insieme si precipitarono fuori dalla stanza, percorrendo di corsa i corridoi.

Quando arrivarono nel cortile, davanti ai loro occhi apparve uno spettacolo raccapricciante. Il portone principale era aperto, la sentinella a terra, orrendamente dilaniata. Un'orda di esseri mostruosi, solo vagamente simili a uomini, si riversava all'interno dell'edificio.

Senza esitare, Lancaster e il generale si gettarono all'attacco, seguiti dai soldati, per tentare di contenere l'invasione. Ma non impiegarono molto ad accorgersi di non poter fronteggiare quell'assalto.

Gli uomini morivano uno dopo l'altro, sotto le fauci e gli artigli taglienti dei mostri, che si gettavano sui cadaveri come sciacalli, divorandoli avidamente. La pioggia, insistente, continuava a cadere sui corpi straziati delle vittime, mentre il sangue scolava nei rigagnoli.

Lancaster continuava a fendere e affondare senza pausa. Si prese un solo istante per respirare, per voltarsi indietro e osservare le sue vittime disgustose.

Fu allora che si accorse di aver compiuto nient'altro che sforzi inutili. Con orrore crescente, vide quei corpi mutilati continuare a muoversi, a strisciare, trascinandosi su moncherini zampillanti sangue violaceo. Non morivano, no: anche tranciati a metà, continuavano ad avanzare sulle braccia.

L'ammiraglio arretrò disperato. Sembrava che davvero non ci fosse modo di fermare quelle terribili creature.

Poi, con la coda dell'occhio, Lancaster vide un suo soldato a terra e un Legionario che si gettava su di lui. Il soldato estrasse la pistola e, puntandola in mezzo agli occhi del suo assalitore, fece fuoco. La creatura stramazzò, abbattendosi su di lui.

Raccapricciato, il soldato si scrollò di dosso quel cadavere già putrefatto e si rigettò nella mischia.

Spinto dalla forza della disperazione, Lancaster calò un colpo violentissimo su un Legionario davanti a lui, sfracellandogli il cranio. Frammenti di cervello finirono sulla divisa, mentre del sangue viola schizzò sul volto grondante dell'ammiraglio.

Lancaster si allontanò dalla mischia e cominciò a correre verso le prigioni. Qualunque alleanza era valida per annientare quell'orda infernale. Con orrore, vide che l'ingresso che portava alle prigioni era stato sfondato.

Si lanciò lungo i gradini scivolosi, seguendo gli echi di quei versi disumani.

Per un attimo si chiese se valesse davvero la pena rischiare la vita per quella feccia umana, i pirati, quando con tutta probabilità erano già stati massacrati. Ma morire nel cortile o là sotto, nelle prigioni, non avrebbe fatto nessuna differenza. Scendendo le scale, l'ammiraglio fu travolto da una miriade di domande. Che diavolo stava accadendo? Da dove venivano quei mostri orrendi, e cosa c'entravano con l'improvvisa scomparsa della Regina?

Discese gli ultimi dieci gradini con calma, silenziosamente. Adesso, tra le terrificanti urla di quei mostri, riusciva anche a cogliere le grida d'aiuto dei bucanieri.

41

Fianco a fianco

Spinn, terrorizzato, si era appiattito contro il fondo della cella e si sgolava in grida disperate. I Legionari erano accalcati contro le sbarre delle prigioni e protendevano gli artigli verso i detenuti.

Poi apparve Lancaster, che con un balzo si gettò in mezzo ai mostri, armato di sciabola e di una torcia ardente. Dalla sua cintura tintinnavano le chiavi delle celle.

Con un colpo netto, Lancaster tranciò via la testa dal collo di un Legionario, poi corse verso la cella in fondo al corridoio.

O'Fire era là dentro, terrorizzato, ma appena vide l'ammiraglio non poté fare a meno di schernirlo. — Ha deciso di tirarci fuori! Forse vuole risparmiare sull'esecuzione.

— Taci, idiota! Muoviti, cerca la chiave! — replicò lanciandogli il mazzo.

O'Fire non se lo fece ripetere.

Mentre i Legionari si gettavano tutti insieme verso l'ammiraglio, lo scozzese cominciò ad armeggiare con le chiavi, provandone una dopo l'altra. — Maledizione! Più svelto! — gridò Lancaster, incalzato dai Legionari. — Non riuscirò a tenerli a bada ancora per molto.

— Dannazione, ammiraglio! Ci sono decine di chiavi diverse!

— E tu trova quella giusta, stupido pirata.

Quando finalmente la serratura scattò, O'Fire attese prima di uscire dalla cella.

— Ehi, Lancaster! Ho bisogno di un'arma.

Lancaster aveva appena annientato un secondo orrendo mostro, spaccandogli la testa.

— Prendi quella della guardia!

O'Fire non esitò oltre. Spalancò la porta della cella e gettò le chiavi a Goldmerry. Lo scozzese si lanciò contro le due creature che già si dirigevano verso di lui, mentre Lancaster continuava a combattere forsennatamente.

Il colossale pirata afferrò la sciabola della guardia e si preparò allo scontro.

Goldmerry, nel frattempo, era stato molto più rapido di lui e aveva approfittato della confusione per darsela a gambe.

O'Fire e Lancaster lottavano spalla contro spalla.

— Per essere un pirata, la muovi bene quella spada — commentò Lancaster, mozzando un braccio a uno dei mostri.

— Neanche tu sei male, per essere un damerino —

gli fece eco O'Fire, intento a scrollarsi di dosso due creature.

Spinn intanto si accorse che Kook gli stava lanciando le chiavi. Keepfit si era liberato, e il cuoco era stato velocissimo a fare altrettanto.

Il ragazzo si precipitò verso la serratura, osservando due Legionari che stramazzavano al suolo, decapitati. Mentre tentava affannosamente di trovare la chiave giusta, una lama gli scintillò a pochi millimetri dal viso.

Spinn lasciò scorrere lo sguardo lungo la lama e vide che spuntava dalla schiena della creatura appoggiata alle sbarre della sua cella. O'Fire stringeva la sciabola che la teneva inchiodata.

Poi Lancaster menò un pauroso fendente, che mozzò la testa dell'ultimo Legionario.

Era finita. Per lo meno, là sotto. Lancaster sapeva che sopra era ancora un inferno.

— Presto, saliamo! Ce n'è a centinaia e stanno massacrando i nostri soldati.

— Ma non abbiamo armi — obiettò Spinn, uscendo dalla cella.

— Raggiungiamo gli alloggi del generale, lì potrete prendere quello che vi serve!

E, in effetti, trovarono innumerevoli spade, pistole e moschetti.

— Che diavolo ve ne fate di tutta questa roba? — chiese Lancaster nel vedere i bucanieri che arraffavano più armi del necessario. — Ricordatevi che c'è sempre una sentenza di morte che pende sulle vostre teste.

— Al momento, anche sulla vostra! — gridò Spinn

lanciandogli una pistola. I cinque pirati si guardarono negli occhi. — Siamo liberi!

O'Fire scoppiò a ridere. — E adesso, ragazzi, diamo a quei mostri una bella lezione!

L'impatto sui Legionari fu devastante. — Mirate alla testa! — gridava Lancaster. — Spaccategli la testa. Solo così muoiono!

I soldati, sorpresi da quell'aiuto inaspettato, si gettarono con nuova forza contro i nemici.

Keepfit aveva preso posizione su una balconata, imbracciando un moschetto, e da lì, infallibile, crivellava di colpi quella fiumana di cadaveri viventi. O'Fire, dal canto suo, faceva roteare la spada, ma l'avanzata di quei mostri non si arrestava. Sebbene soldati e pirati opponessero la massima resistenza e facessero del loro meglio per annientare quell'orda, tutto sembrava inutile.

Spinn, attaccato da ogni lato, cercò i suoi compagni: sentiva gli spari di Keepfit e lo vedeva sul balcone, appostato come un falco.

— Keepfit! — lo chiamò, mentre decapitava l'ennesimo Legionario. — Keepfit!

— Che c'è, ragazzo?

— Non vedo gli altri!

— Kook è alla tua destra, accovacciato dietro quel mucchio di cadaveri.

Spinn corse velocemente dal cuoco di bordo, aggirando i cumuli di morti.

— Dobbiamo riunirci con O'Fire e Goldmerry!

— Perché? Lo sai che in battaglia non si bada che a se stessi.

— Questa non è una battaglia come le altre! E dobbiamo tenerci pronti per la fuga.

— D'accordo. Perlustriamo il cortile rimanendo vicino al muro. Poi raggiungiamo Keepfit su quel balcone.

Spinn e Kook si misero schiena contro schiena, tenendo le sciabole tese davanti a sé.

— Guardati attorno!

— C'è O'Fire, laggiù — esclamò Kook, tendendo il braccio verso l'angolo nord del cortile.

Anche Goldmerry era là.

— Svelti, adesso! Raggiungiamo Keepfit e poi decideremo il da farsi! — propose Spinn.

— Al diavolo! — gridò O'Fire mentre spaccava a metà la testa di un non-morto. — Sembra quasi che ci provino gusto, a farsi ammazzare da noi! Guardate come sono remissivi, ci attaccano ma a momenti sembra quasi che si tirino indietro.

Anche Spinn l'aveva notato. E se ci fosse stato un altro fine, dietro quell'assalto?

Entrarono nelle stanze dell'edificio, negli alloggi eleganti degli ufficiali. Lì dentro tutto era perfettamente in ordine, e non c'era traccia dell'atroce battaglia.

42

La fuga

Nel cortile era rimasto solo un piccolo gruppo di soldati inglesi sopravvissuti, ma la resistenza, per quanto eroica, era fine a se stessa. I Legionari erano ancora numerosi, mentre i soldati non superavano l'ordine di poche unità. Era importante cambiare strategia per salvarsi. E per riuscire a fuggire.

Il piano era semplice quanto azzardato.

I cinque pirati attraversarono il cortile strisciando sulla pancia. Non c'era alcun bisogno di farsi notare in quel frangente.

— Stiamo uniti — sussurrò O'Fire. — Sempre vicini.

Il cammino verso il portone era disseminato di cadaveri, e il combattimento non era più individuale. I soldati inglesi si erano resi conto che non c'era più alcuna possibilità di salvezza.

Cadaveri, soldati, creature demoniache: questo era il tragitto da percorrere, strisciando. Una volta sfuggiti ai Legionari, avrebbero dovuto correre verso il porto e levare l'ancora prima possibile.

— Siamo abbastanza ricoperti di sangue?

— Direi di sì — rispose Kook.

— Allora non sarà facile per quei cosi distinguerci dai cadaveri.

I pirati si trascinavano lungo l'acciottolato, le sciabole in mano, pronti alla difesa. I loro cuori battevano con martellante insistenza.

"Dobbiamo farcela, dobbiamo farcela!" si ripeteva Spinn. Sapeva di aver avuto un'idea folle, ed era stupito che i suoi compagni lo avessero assecondato. Intanto, attorno a loro, le creature continuavano a gettarsi sui soldati inglesi, le fauci spalancate, sibilando e ringhiando.

Spinn si diede dello stupido per non averci pensato prima: quei mostri non potevano che essere al seguito del Signore Oscuro. Era tornato, e ormai era guerra aperta.

— Spinn, ci siamo!

O'Fire lo stava chiamando. Spinn alzò lentamente lo sguardo da terra. Erano arrivati. A pochi metri da loro c'era il portone, ostruito dai Legionari.

D'ora in poi, bisognava solo agire, correre e combattere. La salvezza stava in quelle tre parole.

— State pronti — sussurrò O'Fire. — Al mio grido, tutti in piedi! E stiamo vicini, mi raccomando.

Il tempo sembrò farsi più denso, quasi fermo, cristallizzato. Il frastuono del combattimento giungeva ovattato alle orecchie di Spinn.

"Preparati" si disse. Portone, fuga, Signore Oscuro, suo fratello.

Era il momento.

Spinn socchiuse le palpebre.

Quando le riaprì, era già in piedi a gridare, correndo

come una furia contro i Legionari. E O'Fire, Keepfit, Kook e Goldmerry lo seguivano con la stessa determinazione.

Non fu difficile aprirsi un varco tra i Legionari spiazzati, squartandoli senza pietà mentre il sangue usciva a fiotti e grondava sulle lame che fendevano l'aria, veloci e letali. In pochi attimi i pirati furono nel cuore dell'orda.

Ma adesso che i Legionari avevano avuto il tempo di riprendersi da quell'improvvisa sortita, tutto diventava improvvisamente più difficile, e i non-morti si lanciavano con rinnovata violenza contro i bucanieri.

— Maledetti esseri schifosi! — gridò Spinn, mentre affondava con violenza la sciabola nella testa di un Legionario. — Tornatevene all'inferno!

In quell'intrico rivoltante di corpi semiputrefatti, divenne difficile orientarsi: ogni pirata era circondato e Spinn era costretto a voltarsi da un lato all'altro per fronteggiare i continui e ripetuti assalti di quelle creature che non gli lasciavano un attimo di tregua.

Poi, nella foga di mettere a segno un colpo, si ritrovò disteso a terra, attorniato dai Legionari. Il ragazzo si sentì perduto e lasciò trascorrere terrorizzato gli attimi che pensava lo separassero dalla morte.

E invece non accadde nulla. Spinn voltò lentamente il capo, e vide che le creature lo avevano risparmiato e stavano marciando verso il cortile militare.

Ne approfittò e riprese a strisciare, col volto a terra, un centimetro alla volta, trascinandosi in avanti con i gomiti. Intorno a lui, la puzza di quell'esercito dalle carni incancrenite lo soffocava, ma doveva resistere. Non sapeva dove fossero Keepfit, Goldmerry, O'Fire e

Kook, ma intanto sarebbe uscito da quel groviglio putrescente.

Un piede gli si poggiò sulla schiena.

"Maledizione!"

Spinn fece tutto con molta calma. Lasciò che la testa si inclinasse naturalmente su un lato, lentamente, e sempre lentamente roteò gli occhi verso l'alto. Sopra di lui, a esaminarlo, stava un Legionario, lo sguardo assassino e un po' stupito. Doveva essersi accorto che c'era qualcosa di strano in quel corpo che si muoveva con estrema lentezza, e così aveva deciso di fermarlo. Adesso nei suoi occhi c'era uno sguardo affamato e avido.

Spinn sentì la sciabola che gli veniva sottratta dalle mani, le dita che gli venivano sollevate a una a una dall'impugnatura.

"No... No!"

Era disarmato, in balia di un mostro che da un momento all'altro avrebbe riconosciuto l'odore della carne viva.

Non poteva finire così. Il Legionario si chinò su di lui e Spinn scattò, colpendolo in pieno petto con una testata, così che le sue costole fragili si piegarono verso l'interno. La creatura ululò di dolore, mentre lanciava via la sciabola.

Spinn seguì con lo sguardo la lama che scintillava nell'aria e ricadeva parecchi metri più in là, proprio nel mezzo dell'orda.

Una dozzina di Legionari si erano subito accorti di lui, e già si preparavano ad avventarsi sulla vittima.

Spinn agì in preda alla disperazione. Gridando come se fosse l'ultimo grido della sua vita, si alzò e cominciò a correre. Grazie alla sua innata agilità, passava indenne attraverso la folla mostruosa.

In un attimo, senza capire come, si ritrovò fuori da quella masnada. Non fece in tempo a gustarsi quella vittoria, che numerosi latrati risuonarono alle sue spalle.

Il ragazzo riprese a correre. Non sapeva che fine avessero fatto O'Fire e gli altri, forse qualcuno di loro ci aveva lasciato la pelle, ma al momento non aveva senso pensarci.

Davanti a lui si dipanavano le numerose viuzze di Plymouth e aveva poco tempo per decidere la direzione. Poi si ricordò del porto.

"A destra, a destra" pensò, ma dopo qualche metro inciampò, rotolando per un breve tratto lungo la stradina in discesa. I Legionari incombevano.

Si guardò le ginocchia sbucciate, mentre sentiva un rivolo di sangue fresco colargli lungo le gambe. E fu proprio il richiamo di quell'odore a risvegliare la brama delle creature e spronarle alla carica. Mentre Spinn si rimetteva in piedi, il mondo intorno a lui si annebbiò per un attimo, uno solo. Barcollò, quindi si rimise a correre, il più veloce possibile. Ma era stanco, stanco e debole.

— A terra, Spinn!

Spinn lasciò che le gambe cedessero e, proprio mentre il suo corpo toccava terra, udì due spari e un sibilo. Si voltò sulla schiena, sollevando la nuca da terra. Era rimasta una sola di quella creature, adesso. Poi risuonò un altro sparo.

Il Legionario superstite sussultò, come attraversato da una scossa elettrica, quindi rovinò anche lui a terra.

"Addio, *bestie.*"

Erano morti. Mentre faceva forza sulle braccia e sulle gambe per rimettersi in piedi, un paio di mani lo sollevò da sotto le ascelle, con la stessa facilità con cui si solleva un fuscello. Le forze di O'Fire erano rimaste inalterate.

— Giusto in tempo, eh, Spinn?

Spinn prese fiato. — Ancora una volta...

— Cominciavamo a preoccuparci. Pensavamo che non ce l'avessi fatta — disse Keepfit.

— Che fossi morto, insomma — specificò Kook.

— Se non era per O'Fire, sarebbe stato di certo così — replicò Spinn.

O'Fire parve lievemente imbarazzato.

— Su con la vita, Spinn! — esclamò Goldmerry. — E comunque, avremmo pregato per te e per la tua anima.

— Adesso basta, ragazzi. È ora di muoversi! — ordinò Kook, vigoroso. — Andiamo al porto e troviamoci una barca.

43

La fine di un uomo

Il quintetto di filibustieri procedeva a passo spedito per le vie di Plymouth, senza esitazioni. Raggiunsero il porto e individuarono subito un'imbarcazione piccola ma robusta, l'ideale per un manipolo di uomini temerari. — Dobbiamo assicurarci che ci siano provviste a bordo — disse O'Fire mentre si avvicinavano all'imbarcazione. — Altrimenti dovremo arraffare qualcosa in giro.

— Tanto qui non serve più niente a nessuno — replicò Keepfit.

— Ti sbagli — gridò una voce collerica, all'improvviso.

I pirati si voltarono. Lancaster puntava contro di loro una pistola.

— Non andrete da nessuna parte, maledetti. Sapevo che non c'era da fidarsi di voi. Gettate le armi e alzate le mani — ordinò. — Se la legge adesso non può punirvi, ci penserò io, e il mondo sarà meno fetido.

— Non farlo, Lancaster — disse O'Fire, freddo. — Non sei in grado di affrontare il Male da solo.

— Taci! Voi non siete diversi da quei mostri.

— Lasciaci andare, Lancaster. Conviene anche a te.

— Affronta la realtà, scozzese — sibilò Lancaster. — Sei finito.

— Che senso ha ucciderci adesso? Non potrai fare nulla contro quegli esseri infernali. Salta a bordo anche tu, e scappa lontano da questa terra maledetta.

— Un ammiraglio della Marina inglese non scappa davanti al pericolo.

— Ma...

— Basta! — lo interruppe Lancaster. Quindi posò il dito sul grilletto e puntò su Spinn. — Bruciate all'inferno, banditi!

Fece fuoco. La pallottola uscì fischiando dalla canna della pistola. Ma il ragazzo si era già buttato di lato, travolgendo Goldmerry al suo fianco.

La pallottola si perse lontana, dopo aver sfiorato Spinn, mentre una sottile linea rossa gli si dipingeva sulla tempia.

— Figlio del diavolo! — lo apostrofò Lancaster, mentre si affrettava a ricaricare la pistola.

I pirati si mossero rapidi. Spinn, alzandosi, afferrò la pistola di Goldmerry, strappandogliela di mano. Lancaster puntò la sua, nuovamente carica, tese il braccio armato verso il ragazzo, quindi posò il dito sul grilletto.

Non poté agire oltre. Spinn aveva già sparato e il suo colpo era stato perfetto, precisissimo. La pallottola perforò il braccio di Lancaster, che lasciò cadere a terra la pistola. Con il volto contratto in una smorfia di dolore, l'ammiraglio si piegò in ginocchio, stringendosi con la mano sinistra il braccio ferito. Il sangue si spandeva lento sulla manica della divisa.

Spinn l'osservava, impassibile.

— Ho... ho fallito — gemette l'ammiraglio, come rivolto a se stesso. Spinn si voltò, dandogli le spalle. Trasse un respiro profondo, quindi prese a camminare verso l'imbarcazione, senza fermarsi. A passi lenti percorse il molo, quindi saltò sulla passerella che portava all'imbarcazione, seguito dagli altri.

Era giunto il momento di partire e quel viaggio doveva condurli al Signore Oscuro. Se aveva superato quelle prove, se era riuscito a sfuggire a quell'esercito di morti, questo forse voleva dire che avrebbe potuto farcela. Sarebbe stato difficile e pericoloso, ma non impossibile.

Il piccolo bastimento, con il nome "Carpenter" dipinto sulla fiancata, si allontanò dalla banchina come se non avesse peso.

Spinn, a poppa, fissava Lancaster, che intanto si era rialzato e aveva assunto una posizione rigida, quasi spavalda.

Poi, per le strade di Plymouth, si alzò uno strano rimbombo, a cui seguirono orribili grida e latrati. Lancaster sgranò gli occhi, terrorizzato, guardandosi alle spalle.

Da dietro la casa all'angolo, sbucò una torma di creature. Le prigioni erano state espugnate, la guarnigione di soldati annientata. L'ammiraglio tenne lo sguardo fisso sui pirati, che continuavano a scrutarlo, solenni. Non c'era gioia nei loro occhi, e nemmeno in quelli di Spinn. Solo la consapevolezza di un fato implacabile, che impediva alle loro coscienze di provare pietà per quell'uomo.

Non trasalirono quando videro i denti di innumerevoli mostri affondare nelle carni di Lancaster che gridava disperato, mentre la *Carpenter* li conduceva lontani da quell'orrore.

Dopo qualche minuto i suoni del porto furono troppo distanti per essere uditi, e si intravedevano solo le sagome dei Legionari che si agitavano fameliche su un corpo ormai esanime.

Spinn si asciugò gli occhi umidi. — Avrei voluto salvarlo — sussurrò ai suoi compagni — ma Yellowbeard e le sue grida di vendetta me l'hanno impedito.

44

Sulla Carpenter

La *Carpenter* costeggiava ormai l'Africa; finalmente un po' di caldo. Il buonumore era tornato a bordo, a mano a mano che il cielo perdeva le sue tinte cupe.

— Ancora un paio di giorni, e poi punteremo finalmente verso ovest! — annunciò O'Fire entusiasta.

Nessuno aveva voglia di parlare di Lancaster, né dell'assalto dei Legionari. C'era ancora un oceano di tempo per discutere di quell'argomento.

Quello che si chiedeva O'Fire era se fosse necessario che anche Spinn sapesse la verità.

Molte cose erano successe. Lo sbarco a Tortuga, Elia, la mappa, la carneficina di quell'ostinato mercantile, la morte di Yellowbeard, la prigionia, quelle orrende creature, la fuga e infine la morte di Lancaster.

E adesso, di nuovo in mare verso i Caraibi, verso la base, la base segreta.

E Spinn.

Prima o poi avrebbe dovuto parlargli della Fratellanza della Costa, e di tutto ciò che si era sviluppato grazie ai fondatori, Bartholomew e Morgan, di un'associazione che riuniva praticamente tutti i pirati e che si era incaricata di tutelare l'arte della pirateria e di dotarla di un codice. Ma adesso che la pirateria andava lentamente scomparendo, anche la Fratellanza si era pian piano modificata.

Spinn dormiva. Era il momento adatto per discuterne con gli altri.

O'Fire radunò Keepfit, Kook e Goldmerry attorno a sé. Sospirò, quindi prese a parlare.

— È questione di giorni, ragazzi. Lo sappiamo.

— Già — annuì Keepfit.

O'Fire fissò tutti negli occhi, a uno a uno. — Dobbiamo decidere cosa fare con Spinn.

— Hai qualcosa in mente? — chiese Keepfit.

— Raccontiamogli tutto.

Nessuno rispose. Abbassarono il capo, pensierosi, senza pronunciarsi.

Fu Keepfit il primo a dire la propria.

— Be', di cose ne ha viste parecchie, ed Elia è stato chiaro: lui potrebbe essere la nostra salvezza. Non possiamo lasciarlo fuori.

Kook, invece, non era convinto. — È solo un ragazzino.

— Sì, ma è sveglio. E l'idea per sfuggire a quei mostri è stata sua — aggiunse Goldmerry.

Kook sbuffò. — Che cosa ne sa lui di navigazione, dell'arte del combattimento, della nostra storia? Io non sono d'accordo. Teniamolo con noi, ma senza raccontargli niente.

I tre pirati si volsero verso O'Fire. La questione dipendeva da lui.

— Allora? — chiese Keepfit, speranzoso.

O'Fire sospirò di nuovo. — Non lo so. C'è ancora tempo per decidere, e non voglio commettere errori.

Qualche giorno dopo, la *Carpenter* solcava le immense acque oceaniche, rollando vigorosamente, circondata da nient'altro che la solitudine e le oscurità ambigue della notte. Spinn ora era al timone. Il compito affidatogli non era complesso, bastava che seguisse la rotta indicatagli dalla bussola, e che tenesse gli occhi aperti. Ma il suo sguardo spesso si perdeva ben oltre quella barriera oscura e impalpabile, e saettava rapido in avanti, attraverso lo spazio e il tempo.

Sentiva che, ogni giorno di più, si avvicinava agli eventi cruciali che avrebbero cambiato le sue sorti. *Loro* non sapevano che cosa lo spingesse ad andare avanti, così come non sapevano che l'anima di Yellowbeard, in tutte quelle notti, l'aveva tormentato con quella voce che viaggiava ovattata dalle profondità marine e poi saliva al cielo, sospinta dal vento.

Non avrebbe permesso che il destino gli sfuggisse di mano. La sua mente era piena di pensieri, ma quello del Signore Oscuro torreggiava su tutti.

45

Il ritorno di Blackmore

— Li sconfiggerò! — esultò il Nero nella sua forma liquida. Anche Corsaired, come Blackmore, poteva evocare l'immagine del Padrone grazie all'incantesimo del vassoio.

— È andato tutto come previsto, miei fedelissimi! — si congratulò.

Corsaired fissava soddisfatto l'immagine umida del Padrone.

— Certo — annuì, sottomesso. — L'idea di mandare i Legionari è stata perfetta, così i cinque pirati sono riusciti a scappare.

Il Nero, d'improvviso, smise di sorridere. — Cos'hai detto?

— I... i cinque pirati...

— I *cinque* pirati?

Le carni putrefatte di Corsaired tremavano. — Cinque.

Il Nero esplose. — Idioti! Se ne doveva salvare uno, solo uno! Doveva sopravvivere il ragazzino, non i suoi compagni!

Corsaired si gettò in ginocchio, disperato. — Abbiate pietà di me, Padrone.

— Alzati! Non tollererò altri errori. Quanti Legionari hai a bordo?

Corsaired rispose farfugliando, ancora terrorizzato. — Ne ho... ne ho con me una trentina.

— Bene. Consegnali a Blackmore. Io gliene metterò molti altri a disposizione. Così darà la caccia a quei cinque maledetti. Il ragazzo lo voglio vivo! Ho bisogno del suo sangue per rendere la Clessidra invincibile.

Corsaired chinò il capo. — Sarà fatto, Padrone.

— Sarà meglio per te — rispose il Nero, mentre la sua immagine svaniva e le gocce che componevano il suo volto si scioglievano sul vassoio.

— È tutto a posto — disse il Signore Oscuro al capitano Blackmore, materializzando la sua immagine fluida.

— Bene — rispose l'uomo. — Posso rimettermi in caccia, allora.

— No, aspetta. La mappa è nelle mani dei compagni di Spinn. Nemici temibili, credimi. Per questo ho deciso che verrai affiancato da un nutrito plotone di Legionari durante la tua missione.

— Ma...

— Tranquillo. Ne avrai il pieno comando. Il loro capitano è una tua vecchia conoscenza: Corsaired. Non oserà alzare un dito contro di te.

— Non sopporto quelle creature — disse Blackmore, con un'espressione di disgusto mista a disprezzo.

— Non importa, è il Potere che conta e io avrò, io *sarò* il Potere.

— E di me cosa dite, Padrone?

— Avrai la tua parte. Ma ricorda! Sarai indissolubilmente legato a me, nel corpo e nello spirito, e se io verrò distrutto, tu e le tue ceneri svanirete con me! Se mi porterai quel ragazzino *vivo*, oltre alla mappa, non correrai alcun pericolo. Ora raggiungi l'Isola del Sole. Lì i Legionari si uniranno a te. Dovrai attendere qualche giorno, la nave di Corsaired è ancora vicino alle coste francesi. Adesso vai, e affila per l'ultima volta le armi del tuo equipaggio. I nostri nemici non sopravvivranno a quest'impresa.

46
Spinn il pirata

I giorni trascorsero velocemente a bordo della *Carpenter*. Goldmerry dormiva per buona parte del tempo, Kook si dedicava alla cucina e, quando non stava ai fornelli, duellava con Keepfit.

La sera si narravano le loro vecchie avventure, ricordavano gli equipaggi con cui avevano navigato, i tesori, le battaglie, i misteri, ma tutti evitavano accuratamente ogni riferimento ai Legionari e al Signore Oscuro.

Spinn attendeva quel momento con tacita impazienza, però non aveva mai il coraggio di accennare al discorso.

Nemmeno O'Fire smetteva di pensare al Signore Oscuro, all'importanza della mappa, all'arrivo di quegli esseri mostruosi.

Il cielo poi si era coperto di nuvoloni neri che non promettevano nulla di buono. Ai Caraibi sarebbero arrivati in compagnia di pioggia e vento, purtroppo.

A Spinn, invece, non importava di prendersi un po' d'acqua in testa, e neanche se quei nuvoloni si fossero tramutati nel peggiore degli uragani si sarebbe preoccupato. Ne era certo. Lui ce l'avrebbe fatta.

Avrebbe sicuramente ritrovato suo fratello e affrontato il Signore Oscuro; il dopo non importava.

Troppe volte gli altri avevano deciso per lui: adesso toccava a lui decidere per se stesso.

Una goccia di pioggia gli scivolò sul collo, facendolo trasalire.

— Uhmmm — mugugnò Kook, mentre la pioggia gli cadeva sulla testa. — Questa non ci voleva.

— No — confermò Keepfit. — Dopotutto, sarebbe stato un viaggio troppo perfetto, senza pioggia.

— Perfetto? Andiamo a gettarci tra le braccia del nemico! — esclamò Goldmerry, con la sua voce stridula.

— Con un vento così, ci sarebbe voluto Yellowbeard al timone — considerò O'Fire, malinconico.

La *Carpenter* adesso beccheggiava con vigore, sollevando ampi spruzzi.

Spinn saltò in piedi. — Che aspettiamo allora? Facciamoci una bella navigata in suo onore e spazziamo le onde con la nostra chiglia!

O'Fire sorrise. — Ottimo spirito, ragazzo!

— Già, è così che deve essere — disse Kook. — Per me, ormai sei un pirata!

I quattro si scambiarono uno sguardo d'intesa.

— Sì! — esclamarono all'unisono.

A O'Fire si illuminò il volto. Se i suoi compagni erano così convinti, lui non poteva che esserlo altrettanto. — E bravo, Spinn!

Spinn non ci stava capendo più nulla. — Ma di che state parlando?

I quattro risero di gusto, mentre il vento ormai infuriava. — Non hai ancora capito? — gli chiese O'Fire.

Spinn era incerto. — Volete dire che sono un pirata? Un pirata vero?

Kook rise, sotto i suoi baffoni ispidi. — Qualcosa di più e qualcosa di meno, amico mio.

Spinn faticò a trattenere l'emozione. Dopo tutto quel tempo, dopo le battaglie e i pericoli affrontati, finalmente era stato accettato. Era uno di loro!

47

La vendetta dell'oceano

La bufera era nell'aria.

— Ammainate le vele! — gridò O'Fire, mentre faticava a tenere fermo il timone. — E aggrappatevi stretti a qualcosa! Tra poco si ballerà parecchio, qua sopra.

Il vento cominciò a ululare, sferzando con la pioggia i visi dei filibustieri, mentre enormi cavalloni salivano al cielo per ricadere sul pontile della *Carpenter*. Una saetta crepitò nell'aria, carica di elettricità.

— Reggetevi, disgraziati! — urlò ancora O'Fire. L'imbarcazione ondeggiava paurosamente.

Un altro fulmine illuminò per un attimo il cielo fosco, seguito dal boato del tuono. La pioggia continuava a cadere torrenziale, il vento crebbe ancora d'intensità, le onde erano sempre più alte e la *Carpenter* sempre più impotente, sbatacchiata dalle acque come una piuma.

— Ciurma, dite addio alla rotta! — annunciò Keepfit.

— Addio, rotta! — gridarono gli altri in coro, Spinn compreso.

— Maledizione, Keepfit. Speravo di arrivarci, ai Caraibi! — esclamò Kook.

— Ci arriveremo, vedrai!

— Vivi o morti?

— Chiedi troppo, adesso!

— Uomini! Aiutatemi, dannazione! — gridò improvvisamente O'Fire.

Keepfit e Kook si lanciarono verso il compagno in difficoltà, mentre il timone, fuori controllo, sfuggiva alle mani dello scozzese.

Poi d'improvviso si udì un rumore, un sonoro *crac* che fece ammutolire tutti. Ci misero un attimo a capire. La barra del timone si era spezzata; la *Carpenter* era definitivamente ingovernabile.

Spinn, stretto all'albero, osservava immobile tutta la scena, ma non si lasciò impaurire e reagì in modo freddo e razionale. Respirò a fondo, si staccò dal suo sostegno, percorse correndo lo spazio che lo separava dai tre pirati, mentre anche Goldmerry li raggiungeva, ogni passo ben misurato, ogni respiro sotto controllo. Più volte si ritrovò disteso sulle assi bagnate, ma ogni volta si rimetteva in piedi.

Infine raggiunse i suoi compagni, boccheggiando.

— O'Fire! — gridò, la voce sovrastata dagli ululati della bufera. — Che facciamo adesso?

— Sottocoperta!

— Ma è piena d'acqua! — obiettò Keepfit.

— Non importa! Se restiamo qui sopra, non potremo resistere a lungo!

— Giù! Giù! — gridò Goldmerry. — Tutti sottocoperta, svelti!

I bucanieri si allungarono verso il boccaporto, spalancandolo. Spinn entrò, rotolando sui gradini, mentre O'Fire lo seguiva e si richiudeva il boccaporto alle spalle.

C'erano tutti: indolenziti, fradici, infreddoliti, scossi dai singulti della *Carpenter*, che continuava a resistere contro la tempesta.

Sottocoperta era calato il silenzio. Non c'era più nulla da dire, nulla su cui scherzare. Bisognava solo attendere e sperare. La situazione non era delle migliori. Paurose ondate continuavano a infrangersi sul ponte.

— Quanto durerà ancora? — chiese Spinn con voce atona.

O'Fire scosse la testa. — Non lo so. Dobbiamo solo stringere i denti e sperare che questa bagnarola regga alla furia del mare e del vento.

D'un tratto, un urto terrificante li ridusse al silenzio.

— Che diavolo succede? — gridò Spinn.

— Maledizione! — gridò O'Fire. — Keepfit! Goldmerry! Scendete nella stiva e controllate che sia tutto a posto, noi torniamo di sopra!

I due pirati non se lo fecero ripetere due volte e scomparvero lungo la scaletta che portava alle sentine.

— Tutto a posto, Spinn? — chiese Kook.

Spinn era disorientato. — Sì, ma...

— Bene. Saliamo, allora!

Tornare in coperta non fu facile. La *Carpenter* non si era riassestata e continuava a inclinare visibilmente a babordo.

Dopo pochi minuti Goldmerry e Keepfit raggiunsero gli altri. — C'è una falla! Dobbiamo aver urtato uno scoglio — gridarono, in preda al panico. — E imbarchiamo troppa acqua! Tra meno di mezz'ora saremo colati a picco.

— No! — gridò Spinn, atterrito. — Dev'esserci un modo per scamparla.

O'Fire alzò lo sguardo, mentre si reggeva a una cima. — Abbiamo solo una speranza.

— Quale? — chiese Spinn, mentre la delusione si trasformava in disperazione.

— Una botte ciascuno. Saranno le nostre scialuppe di salvataggio. Non c'è altra soluzione.

Trascinarono cinque botti sul ponte e, con un'ascia trovata nella stiva, le scoperchiarono.

— Uno alla volta, adesso! Chi è il primo? — urlò O'Fire, lottando contro la furia degli elementi.

— Vengo io! — si propose Goldmerry, avanzando incerto tra la pioggia, frenato dal vento.

— Avanti, dentro!

Goldmerry si calò nella solida botte cerchiata di ferro. — Be', addio! — gracchiò.

— Addio — risposero gli altri.

La botte di Goldmerry fu coricata di lato; la lasciarono rotolare lungo il ponte inclinato, quindi la videro scomparire oltre il parapetto, nella bufera.

I quattro pirati rimasti guardavano la scena pietrificati. Quello era un tuffo verso la morte, più che verso la salvezza.

Al solito, fu la voce di O'Fire a scuoterli e richiamare ognuno di loro alla realtà.

— Svelti! Dentro un altro!

Keepfit si calò in un'altra botte. — Buona fortuna, Keepfit! — disse O'Fire.

Dopo Keepfit venne il turno di Kook, e anche il suo barile scomparve tra la spuma buia del mare.

O'Fire poggiò una mano sulla spalla di Spinn. — Tocca a te, ragazzo.

Spinn annuì, sospirando. — Va bene.

Entrò prima con il piede destro, poi con il sinistro. Quindi si accovacciò, schiacciandosi sul fondo.

O'Fire infilò la testa dentro. — Ehi, Spinn... Io penso che ci rivedremo.

Quindi sventolò la mano, in segno di saluto, un saluto che non sapeva di addio. Senza perdere altro tempo coricò la botte di lato, abbandonandola al suo destino.

Attese che scomparisse oltre il parapetto sbreccato, quindi si calò in una botte anche lui. Oscillò, finché la botte non si adagiò sul ponte, cominciando a rotolare verso il mare in tempesta.

Poi, come le altre, sparì tra i flutti.

Spinn pensò di essere stato fortunato. Miracolosamente, la botte era caduta in acqua con l'apertura rivolta verso il cielo in tempesta.

L'acqua, però, aveva cominciato subito a entrare e le onde sommergevano per brevi istanti il barile per farlo riemergere subito dopo.

E mentre lanciava silenziose maledizioni verso il cielo, imprecando contro se stesso, senza sapere come, si ritrovò sbalzato in mare. Preso dalla foga e dalla paura, tirò subito la testa fuori dall'acqua. La botte galleggiava pochi metri davanti a lui, squassata dalle onde. Spinn cercò in tutti i modi di restare a galla, ma le correnti lo scuotevano con violenza. Gli mancava il fiato.

Poi qualcosa lo colpì violentemente dietro la testa e un grande pannello di legno gli scivolò sotto gli occhi. Istintivamente lo afferrò, e tentò di salirvi sopra per cavalcare le onde. Ma le forze lo stavano abbandonando rapidamente.

Spinn sentì cedere la presa. Perse i sensi e scivolò in mare.

48

Guerra

La Gran Bretagna era allo sbando e Londra resisteva in stato d'assedio. L'offensiva delle truppe del Nero, inaspettata e fulminea, aveva colto di sorpresa l'isola britannica, incapace di contrastare la violenza devastatrice della Legione Oscura. Un folto numero di Legionari, in continuo aumento, si stava facendo strada fino al cuore pulsante del Paese, lasciando dietro di sé morte e desolazione.

Solo Londra era riuscita a resistere. Nei lunghi viali marciavano plotoni in assetto di guerra, gli abitanti tenevano a portata di mano il fucile, e nelle chiese si snocciolavano rosari perché Dio rinunciasse a quella punizione immeritata.

Nella Camera dei Lord fervevano le discussioni per capire da dove provenisse quel nemico sconosciuto e quale fosse la maniera più efficace per sconfiggerlo. Ma i giorni passavano senza che si riuscisse a trovare un accordo. Infine, dall'unico porto rimasto accessibile, partì un vascello carico di ministri, prelati e ambasciatori, che si recavano sul continente per stringere alleanze.

— Ne va del bene dell'umanità — aveva detto il primo ministro, sovrastato dalla propria parrucca. Il Re di Francia aveva accettato, così come i sovrani di Spagna, Russia e Prussia, e anche tutti i regnanti della penisola d'Italia. La minaccia era venuta dal mare e poteva aggredire anche loro. Gli stati più potenti richiamarono ingenti forze dalle colonie, ed eserciti imponenti si preparavano alla battaglia.

Le autorità inglesi non tornarono in patria, ma preferirono guidare le operazioni al sicuro, dalla più tiepida Francia.

Nella cabina di Blackmore, la bottiglia del liquido blu vibrò, autoritaria. Era più che un segnale. Blackmore versò il contenuto della bottiglia nel vassoio.

— Al vostro servizio, Padrone.

— Il tempo passa. Hai notizie?

— No, mio Signore. Si è scatenata una tempesta ai Caraibi, pochi giorni fa, e non è da escludere che abbiano naufragato.

Il Nero si rabbuiò. Non poteva permettersi di perdere la mappa e il ragazzino, allo stesso tempo. Senza Clessidra, persino la sua potente Legione alla lunga sarebbe stata sconfitta.

— Continua a perlustrare la zona su cui si è abbattuto il fortunale. E spera che la ricerca vada a buon fine. Ho bisogno di quella mappa.

— Farò di tutto, Padrone.

— Me lo auguro, soprattutto per tuo figlio.

Blackmore sussultò. Suo figlio.

— Lui non c'entra, Padrone.

Il Nero sghignazzò. — Non devi preoccuparti. È al sicuro con me, lo sai. Al riparo da quei pazzi della Legione Oscura. Perché so che ce la farai, a ritrovare la mappa. Tu mi capisci, vero Blackmore?

— Sì, Padrone.

49

Patto di sangue

Il piccolo granchio arancione gironzolava per la spiaggia assolata, perlustrando il territorio dopo il temporale.

C'era qualcosa sulla riva, un essere viscido, senza corazza né artigli, senza branchie né squame, immobile. Il granchio, un po' disgustato, lo riconobbe per quello che era: un essere umano.

Irritato dalla presenza dell'intruso, si arrampicò lungo il corpo esanime; partendo dalle braccia attraversò tutta la schiena seguendo la spina dorsale, poi ridiscese lungo la gamba destra, fino al piede, e lì pizzicò l'alluce.

— Ahi! — Spinn riprese conoscenza bruscamente, scuotendo via il granchio, e ricordò tutto in pochi istanti.

Era salvo, ma di nuovo solo.

Vinse lo stordimento e si avviò lungo la spiaggia, in cerca di qualche indizio che potesse rivelare la presenza dei suoi amici, ma trovò solo le proprie orme, al ritorno.

Abbattuto e a corto di idee, attese alcune ore sdraiato sulla spiaggia, osservando le nuvole bianche che si spostavano lente nel cielo. Ma poi fu scosso dai morsi della fame: doveva alzarsi, doveva trovare da mangiare.

Flessuose palme si levavano verso il cielo luminoso, mosse dalla brezza leggera, mentre numerose noci di cocco sembravano guardare verso il basso, nell'attesa di essere raccolte. Spinn afferrò due pietre pesanti per spaccare la corazza di quei frutti ostinati, e si diresse verso una palma, la più carica di frutti. Provò a scuoterla con forza, ma non caddero altro che foglie morte.

L'unica soluzione era arrampicarsi e staccare le noci con le mani. Abbracciò il tronco levigato dell'albero e cominciò a inerpicarsi. Era circa a metà della salita, quando, forse per una distrazione, forse per debolezza, perse l'appiglio e cadde nel vuoto.

Si schiantò su una vasta piattaforma di roccia, che affondava nella sabbia: era perfettamente quadrata, gli angoli smussati, liscia e levigata quasi come marmo, e sopra era incisa, in bassorilievo, una mano. Quando Spinn si accorse dello squarcio che la attraversava, gli tornò immediatamente alla memoria il ricamo del mantello di Elia.

Cosa indicava quella mano spalancata? Istintivamente Spinn ci appoggiò sopra il proprio palmo. Non accadde nulla.

Un po' il giovane pirata ci aveva sperato, ma mentre faceva coincidere il proprio palmo con quell'altro, aveva sorriso della propria ingenuità...

Si sdraiò sulla roccia fredda. Il sole aveva cominciato a picchiare con più insistenza, e il caldo iniziava a farsi sentire. Rimase lì per un po', disteso sulla piattaforma fresca, all'ombra della palma.

Fu il sole a risvegliarlo.

L'ombra era girata e la pietra, adesso, era rovente.

Spinn si alzò e fissò lo sguardo sulla mano ferita. Nei pressi dell'impronta si distinguevano diverse macchie, simili a gocce scure.

Sembrava sangue versato di recente.

Spinn ebbe un'idea: forse il sangue poteva funzionare come una parola segreta, per aprire un porta.

Decise di provare, non aveva niente da perdere.

Perlustrò la spiaggia alla ricerca di un oggetto affilato, finché non trovò un masso i cui spigoli sembravano taglienti. Appoggiò con forza la mano proprio su un bordo, premendo, e lasciò che la pietra gli incidesse verticalmente il palmo, proprio come nel disegno.

Poi, in fretta, posò la mano sul bassorilievo. Rimase immobile per qualche secondo senza che accadesse nulla, e stava quasi per rinunciare, quando una strana sensazione si impadronì di lui. Era come se quell'incisione gli stesse succhiando il sangue dalla mano.

Spaventato, Spinn cercò di staccarsi dalla roccia, ma inutilmente.

Una scossa d'energia gli pervase il corpo e, intorno all'impronta, si sollevò una botola perfettamente tonda. Era sorretta da una lunga pertica d'oro, che si fermò esattamente all'altezza di Spinn.

Si mosse lentamente, sbalordito. Non era ancora sicuro di quello che stava per fare. Si avvicinò al pozzo che il disco di roccia aveva appena rivelato. Sotto i suoi piedi regnava l'oscurità. Poi d'un tratto la botola cominciò a richiudersi, e Spinn non ci pensò due volte: afferrò la pertica e si lasciò scivolare. Si ritrovò avvolto nel buio, l'aria era fredda, le mani gli bruciavano terribilmente per l'attrito e per la ferita aperta.

Quando toccò il fondo, si sentì perso: non c'era una luce, e apparentemente nemmeno una via d'uscita.

Cominciò a camminare, con cautela, le braccia tese in avanti, finché incontrò una parete di roccia. Lo spazio era stretto e angusto, come in fondo a un cono, ma finalmente trovò il vuoto: era un'apertura piuttosto larga e, non senza paura, vi si inoltrò.

— Ehi! — gridò. La sua voce riecheggiò lontana.

Spinn tese l'orecchio: se si sentiva l'eco, significava che lo spazio era ampio.

Gridò di nuovo. — Ehi!

Con ritrovata fiducia, fece qualche passo verso la sua stessa voce. In lontananza scorgeva una luce. Si strofinò gli occhi per essere certo di quello che vedeva, e si affrettò fino a correre, mentre la luce si faceva a ogni passo più intensa. Alla fine raggiunse un'enorme grotta e si accorse che la luce proveniva da grandi cristalli luminescenti che irradiavano quel riverbero verso le ampie volte.

Si avvicinò a uno dei cristalli: emanavano un piacevole tepore e al tatto non scottavano. La grotta risplendeva di una chiarissima e delicata luce verde-azzurrina.

Spinn la contemplò a lungo, in estasi. Sarebbe rimasto lì in eterno. Ma poi la curiosità lo spinse ad andare avanti.

La città sotterranea

Spinn uscì dalla grotta e imboccò un largo corridoio buio. Alle sue spalle, la luce rassicurante dei cristalli gli dava il coraggio di proseguire.

Svanito l'entusiasmo iniziale, però – dopo tutte le disavventure passate – la stanchezza cominciò a farsi sentire. I piedi gli dolevano, le già esigue forze lo abbandonavano. Ma ancora una volta, due minuscoli puntini di luce si accesero in lontananza e Spinn riprese vigore.

Non era lo stesso tipo di luce che aveva visto prima: questa aveva qualcosa di più familiare. Avvicinandosi, capì. Che cos'altro poteva essere, se non del fuoco?

C'erano due torce infisse nella parete, che ardevano per avvisare gli ignari visitatori dell'abisso che si apriva subito dopo. Spinn si trovava infatti su uno spiazzo e, sotto, la voragine era buia e silenziosa, apparentemente senza fondo. Il ragazzo, rabbrividendo, prese una delle due torce e si guardò attorno. Lì, sospeso nel vuoto, stava un lungo ponte fatto di corde e assi di legno, dall'aria instabile.

Era l'unica possibilità per proseguire. Spinn si fece coraggio e poggiò un piede sulla prima asse. Il ponte ondeggiò vistosamente. La lunga traversata iniziò, passo dopo passo, mentre gli scricchiolii del legno si perdevano nel profondo dell'abisso. Un lugubre gorgoglio risuonò dal profondo. Spinn tenne gli occhi fissi sui propri piedi, e su dove poggiassero. Quando però sollevò lo sguardo, si sentì mancare il fiato.

Davanti a lui, imponente e solenne, si ergeva un gigantesco portone di legno, talmente alto che la sommità si perdeva nell'oscurità. Al centro delle due ante, era incastonato un teschio d'acciaio con due tibie incrociate.

"Pirati" pensò Spinn. "Sono a casa, allora."

Si avvicinò al portale. In basso, ad altezza d'uomo, stava un pesante battiporta e, accanto a esso, una fessura rettangolare, sbarrata.

Spinn bussò. I colpi risuonarono sordi nel vuoto, ma poi la fessura si aprì con un sinistro cigolio. Da dietro, apparvero due occhi azzurri sospettosi e penetranti, coronati da due folte sopracciglia.

— Chi sei? — chiese una voce molto simile a quella di Goldmerry, acuta e gracchiante.

— Mi chiamo Spinn. Sono dell'equipaggio di Yellowbeard.

I due occhi si strinsero. — Yellowbeard è morto.

— Lo so. C'ero anch'io durante la sua ultima battaglia.

Lo sportello della fessura si richiuse di colpo. Spinn udì un rumore di ferraglie, poi vide aprirsi una porticina nel lato destro del portone.

— Avanti — lo chiamò la voce. Apparteneva a un

vecchio curvo e ingobbito, con due grandi occhi mobili e lunghi capelli bianchi che gli scendevano lungo la fronte rugosa. Nella mano destra stringeva una lanterna impolverata.

— Ehi! — esclamò Spinn. — La tua lanterna è spenta!

Quel vecchio doveva essere pazzo: bel modo di scegliere le sentinelle!

— Entri o vuoi restare lì?

Spinn varcò la soglia e, alla prima occhiata, gli parve di essere tornato a Tortuga: c'era la stessa confusione, la stessa atmosfera. Lo spettacolo era grandioso: decine di casupole si estendevano a perdita d'occhio in quella che doveva essere una caverna gigantesca. Sulle pareti, si inerpicavano infinite rampe di scale, lunghissime, che s'intrecciavano tra loro in un dedalo inestricabile. Alcune uscivano poi dalla roccia, sospese, e si incrociavano con altre che arrivavano da punti diversi.

In basso, c'erano delle aperture dalle quali ogni tanto sbucava qualche pirata ubriaco. Erano dei veri e propri scivoli, scavati nella roccia, che servivano per scendere più velocemente.

In alto, invece, si aprivano delle nicchie che dovevano essere le abitazioni dei pirati.

Era tutto un frenetico viavai, grida, canzoni, spari, risse. Proprio come a Tortuga, e non mancavano taverne e locande per mangiare, bere e cantare.

Spinn mosse qualche passo, incerto. Non sapeva proprio dove andare. Una fiumana di folla animava le viuzze, mentre una piattaforma sospesa sfrecciava lungo la parete a sinistra della caverna. Una decina di pirati barcollanti scese da quel pontile, cantando e ridendo sguaiatamente.

Spinn osservava confuso, mentre le voci intorno a lui si mescolavano.

— Ehi, pivello!

— Dev'essere uno nuovo.

— Vedi di muoverti, moccioso.

Spinn, quasi a forza, fu costretto a spostarsi e a inoltrarsi nella caverna. Sospirò. Prima di tutto doveva capire dove si trovava. In una città sotterranea, d'accordo. Un rifugio pirata, probabilmente un rifugio segreto.

Entrò nella prima taverna che vide, e mentre varcava l'ingresso si abbassò giusto in tempo per evitare una bottiglia volante.

— Maledizione! — gridò. Era finito proprio in una rissa. Ostentando una certa sicurezza, si fece largo fino al bancone. L'oste continuava tranquillo ad asciugare boccali, quasi non s'accorgesse del pandemonio che gli stava distruggendo il locale.

— Dammi dell'acqua, svelto — ordinò Spinn.

L'uomo lo squadrò con un mezzo sorriso.

Spinn finse di incattivirsi. — Hai qualcosa in contrario, amico?

L'oste alzò le spalle e fece un gesto con il capo, poi prese un boccale e lo riempì, spillando acqua da una piccola botte. Spinn la trangugiò tutta in un sorso.

— Ancora! — sbraitò, sbattendo il boccale sul bancone.

L'oste obbedì e Spinn si dissetò; poi con la manica lacera della camicia si asciugò le labbra, e diede un'occhiata alla rissa, che nel frattempo era cresciuta di intensità.

— Chi comanda, qui? — chiese al taverniere.

L'uomo non fece in tempo a rispondere, perché uno

sparo improvviso risuonò nell'aria. La rissa si fermò di colpo.

Una figura colossale si ergeva sulla soglia, con la pistola fumante ancora puntata in aria.

Spinn esultò. — O'Fire!

— Stai fermo lì, Spinn! Prima vedo di riportare questa marmaglia alla calma. Allora! — gridò. — Devo aprire un buco in pancia a qualcuno?

Tutti tacquero. Poi cominciarono ad alzarsi, e presero a stringersi le mani e darsi gran pacche sulle spalle.

O'Fire sorrise, quindi si avvicinò a Spinn.

— O'Fire! Sei vivo!

— Ci vuole ben altro per farmi fuori — replicò lui.

— E gli altri?

— Tutti sani e salvi. Anche Goldmerry, purtroppo! — scherzò lo scozzese. — Tu, piuttosto. Come sei arrivato qui?

Spinn sollevò la mano ferita, e ancora incrostata di sangue, che aveva usato per aprire la botola.

O'Fire lo fissò con espressione seria.

— Seguimi! Immagino tu voglia sapere parecchie cose.

— La situazione è grave, Spinn — esordì O'Fire mentre camminavano.

Ma Spinn era distratto: si guardava attorno, affascinato. — Dove stiamo andando?

O'Fire sorrise. — In un posto speciale.

Percorsero diverse vie affollate, poi le casupole e la folla cominciarono a diradarsi, fino a scomparire.

Due file di fiaccole conficcate nel terreno segnavano la via.

— Hai vissuto gli stessi orrendi eventi cui stiamo cercando di dare una risposta, e forse puoi aiutarci.

Spinn non replicò.

Scesero una decina di scalini ricavati nella roccia e si trovarono di fronte a un altro portone di legno, sebbene molto più piccolo di quello che chiudeva l'ingresso della grotta.

O'Fire bussò.

Il portone si spalancò e Spinn si ritrovò davanti Keepfit. — Spinn! Come stai? Eravamo preoccupati per te.

— Sono contento di vederti — rispose il ragazzo, scoprendosi un po' imbarazzato dalla calorosa accoglienza.

Entrarono in una vasta sala, brulicante di pirati. Per terra poggiavano dei tavoli di roccia, su cui erano chini i bucanieri.

— Benvenuto alla Base — disse O'Fire. — Qui sono riuniti i migliori pirati dei Sette Mari, e lavorano per la salvezza dell'intero pianeta.

Spinn aggrottò la fronte. — È uno scherzo, vero?

O'Fire sorrise. — No, nessuno scherzo. Come ben sai, eventi terribili stanno capovolgendo l'ordine naturale del mondo. Creature malefiche si riversano ovunque, inarrestabili, spazzando via tutto ciò che incontrano. Questi che vedi sono i pirati che appartengono all'ordine della Fratellanza Rinnovata. Siamo nati dalle ceneri della Fratellanza della Costa, che fu il primo tentativo di dare un codice ai pirati. Ma oggi il nostro unico obiettivo è proteggere il mondo. Sappiamo che all'origine di quanto sta succedendo c'è un Signore Oscuro, che orchestra le forze del Male per raggiungere i propri scopi, e sappiamo che brama il possesso di un oggetto antico e leggendario, uno strumento mitico celato nelle remote segrete della Terra.

— La Clessidra del Potere — lo anticipò Spinn.

O'Fire sgranò gli occhi. — Come lo sai?

— Vi ho sentiti, la sera che parlavate sull'isola.

O'Fire lo guardò con aria interrogativa: quel ragazzino continuava a sorprenderlo.

— Sì, ma non solo. Ho fatto un sogno, quando eravamo nelle carceri, e l'ho vista. Ho visto la Clessidra che fluttuava tra le stelle.

In quel momento, Kook e Goldmerry si fecero avanti. Prima salutarono Spinn con forti pacche sulle spalle e bonarie prese in giro. Ma subito dopo lo invitarono a raccontare tutto ciò che sapeva.

— So anche del Signore Oscuro — continuò Spinn. — E di una cosa sono certo: vuole me.

— Sì, Spinn — gli confermò O'Fire. — Tu hai un ruolo in tutto questo, sei coinvolto, anche se ancora non sappiamo *come*.

Spinn esitò, non era sicuro di doverne parlare. Ma poi decise che era giunto il momento. E così iniziò a raccontare la sua storia.

— Quando ero piccolo, avevo un fratello che una notte venne rapito da una banda di pirati. Da allora giurai a me stesso che avrei fatto di tutto per ritrovarlo.

— Allora è per questo che ti sei imbarcato con noi.

— Sì, sapevo di avere poche speranze, ma quando avete parlato del Signore Oscuro, di Elia e di Skull... ho capito tutto. Se il villaggio dove vivevo è stato distrutto, forse è a causa mia.

I quattro pirati ascoltavano con il fiato sospeso.

— Li udii chiaramente mentre chiedevano di me, e sgozzavano chiunque si mettesse sul loro cammino. Ma riuscii a nascondermi.

— Skull agisce per conto del Signore Oscuro! — esclamò Keepfit.

— Ma certo! — O'Fire si illuminò. — È lui che ha ordinato a Skull di rapirti.

— Ed è lui che ha fatto rapire mio fratello — si infervorò Spinn. — Ne sono convinto. Sento che dev'essere così.

— Hanno qualcosa di speciale, i due ragazzi. Non c'è altra spiegazione — gracchiò Goldmerry.

— Si raccontano talmente tante storie intorno a quella Clessidra... — annuì O'Fire. — Chissà che anche voi non vi siate legati in qualche modo.

Si guardarono tutti negli occhi. La faccenda si faceva sempre più intricata, e sempre più pericolosa.

51

Vecchie conoscenze

Il portone si spalancò di nuovo e i pirati fecero subito silenzio.

Spinn non riusciva a crederci: Elia, il vecchio che aveva incrociato a Tortuga e che O'Fire aveva salvato, comparve sulla soglia.

— Ragazzo, sono contento che tu ce l'abbia fatta — disse con voce tranquilla e rassicurante, sedendosi al tavolo con loro. Era debole, pallido e magro; chiaramente lo scontro a Tortuga lo aveva messo a dura prova.

— Buonasera — lo salutò Spinn, rispettoso. Intuiva che doveva essere una persona importante. Gli altri pirati lo osservavano ossequiosi e lui, quando iniziò a raccontare, sapeva esattamente di cosa avevano discusso fino a poco prima.

— Ere infinite sono trascorse da quando la Clessidra fu forgiata, e altrettante da quando il Potere fu convogliato dentro di essa. A lungo ha giaciuto dimenticata negli abissi del mondo, dopo che il continente perduto sprofondò nell'oceano. Mai gli imponenti guardiani dal volto di pietra hanno cessato di sorvegliarla, restando in attesa. Antiche profezie annunciavano l'arrivo di un potente Signore Oscuro, che avrebbe corrotto la Clessidra. Torme di dannati lo avrebbero sostenuto nella sua ascesa al Potere. Poi le leggende si confondono, si intrecciano, e io stesso sto ancora lavorando per capire. Si racconta di due fratelli, si narra del sangue da versare per salvare il mondo o per distruggerlo. Nulla però è chiaro...

Elia si interruppe. Lo sforzo del racconto gli aveva reso il respiro faticoso e affannato. O'Fire chiamò un uomo e gli chiese di accompagnare Elia a riposare: si era stancato troppo, avrebbero avuto altre occasioni per parlare.

Spinn teneva lo sguardo fisso sul tavolo. Quando alzò gli occhi, si sorprese nel trovarsi O'Brien davanti.

— Ciao, Spinn.

O'Brien faceva parte della ciurma di Yellowbeard, ma era sempre stato un tipo schivo e rissoso. Spinn ricordava quando, sull'isola dove avevano trovato il galeone abbandonato, aveva dato loro dei codardi. Non gli piaceva per niente.

Si limitò a salutarlo con un cenno del capo.

— Vieni con me, Spinn — gli disse Keepfit, e lo condusse verso il fondo dello stanzone di roccia. Su un lato, nascosta, c'era un'apertura. — Seguimi — ordinò, e Spinn obbedì.

Si infilarono in un corridoio angusto e scuro, rischiarato sul fondo da un bagliore.

— C'è un'altra stanza, laggiù — spiegò Keepfit.

O'Fire, Goldmerry e Kook venivano subito dopo di loro. Il locale era disadorno e freddo. Ci si sedeva per terra, a contatto con il pavimento roccioso. Ai quattro angoli erano infisse delle torce, mentre sui lati erano state appese quattro bandiere pirata.

O'Fire non attese oltre. — Sei nei guai, Spinn. E forse anche tuo fratello.

Kook annuì. — Il Signore Oscuro vi cerca. E probabilmente vuole il vostro sangue.

Nella sala scese il silenzio.

— Dobbiamo agire! — esclamò Keepfit. — Non possiamo starcene a guardare, maledizione. Dobbiamo risolvere questo dannato rompicapo.

— Be', sappiamo di Skull, e io conosco il vecchio che l'ha aiutato nella strage del mio villaggio — azzardò Spinn.

— Chi è?

— Rummy Drinker, è...

Non ebbe tempo di spiegare oltre, che i quattro pirati stavano gridando all'unisono: — RUMMY DRINKER?

— Sì... è il suo nome.

Poi vide Goldmerry fremere di rabbia.

— Maledetto ladro — lo udì pronunciare tra i denti. — Mi ha rubato una sciabola, duecento pezzi da otto, una bussola intarsiata d'oro e un cucchiaino di platino!

Spinn inarcò le sopracciglia. — Be', in fondo è un pirata...

— Non è affatto un pirata! — gridò Goldmerry incollerito.

O'Fire appoggiò una mano sulla spalla del suo compagno. — Non è facile da spiegare, Spinn. Non segue codici d'onore, non sa cosa sia il rispetto, la fedeltà. E Skull è un suo degno compare.

— Il vero problema è la malvagità che li anima — aggiunse Kook.

Di nuovo i pirati rimasero in silenzio.

O'Fire fu il primo a riscuotersi: — Non possiamo più attendere. Dobbiamo organizzare una spedizione e affrontare il Signore Oscuro. Cominceremo con Skull, lo sconfiggeremo, e poi lui ci porterà dal suo padrone. È l'unica soluzione.

Goldmerry, Kook e Keepfit risposero all'unisono: — Sì, è ora di combattere!

52

La linea rossa

Il trambusto nelle vie del borgo sotterraneo si stava lentamente smorzando, e i pirati, ubriachi e assonnati, si trascinavano ognuno alla propria baracca.

Il guardiano era sveglio e vigile, ma nessuno faceva caso a lui. Ci si abituava in fretta a quel vecchietto rugoso e scorbutico messo a guardia della città.

Stava osservando il portale e, come ogni volta, se ne sentì soggiogato. Era così imponente, così solido e spaventoso. Dava il senso di qualcosa di invalicabile, dietro il quale stare al sicuro.

Chiunque arrivasse non poteva che provare un sacro timore per quel colossale portone, e lui stesso era ancora perso in contemplazione quando udì un colpo sul battente. Strinse gli occhi e mise i sensi all'erta. Non sembrava qualcuno che avesse bussato.

Era un tonfo, quello. Un tonfo anomalo.

Quando poi si sentì afferrare la testa da dietro e una lama fredda gli recise la giugulare, non provò alcun dolore. Mentre gli occhi gli si chiudevano per sempre, riuscì per un attimo ad alzare lo sguardo. O'Brien era lì, e aveva un'aria soddisfatta. Quello stupido vecchio non aveva emesso un solo sospiro mentre crepava, le cose stavano andando secondo i programmi.

Si volse beffardo verso il portale, tanto grande quanto inutile, ormai. Finalmente il momento era giunto. Finalmente anche lui sarebbe stato ripagato di anni di frustrazioni.

Quella città rappresentava tutto ciò che aveva amato e odiato. L'odiato O'Fire sarebbe morto, così come il maledetto Goldmerry, Keepfit e Kook.

Le torce erano state spente. Spinn fissava l'oscurità, incapace di addormentarsi.

Si sentiva stranamente inquieto, per via del luogo in cui si trovava, per ciò che aveva sentito, e per l'impresa che li aspettava. Si girava e rigirava sullo scomodo giaciglio. Tutto taceva. Nessun rumore.

Se nel mondo c'era qualcosa in fermento, non poteva limitarsi ai malefici del Nero. C'erano altre forze in campo, che si rivelavano a pochi eletti, e li facevano partecipi di insondabili misteri.

Forze benefiche, probabilmente. Eppure, questo pensiero non bastò a rincuorarlo. Sentiva una specie di brivido che lo scuoteva di tanto in tanto, tenendolo sveglio, e che pian piano andava trasformandosi in una specie di animale nero e irsuto che si dibatteva in lui.

Si alzò in piedi, attento a non fare rumore. Avrebbe fatto due passi nella città, giusto per scaricare la tensione.

A tastoni, si orientò nel buio, e si diresse lungo i condotti sotterranei.

O'Brien attese qualche minuto, contemplando la città addormentata. Voleva essere sicuro che nessuno gli mettesse i bastoni fra le ruote, ma tutto taceva in un sinistro e ignaro torpore.

Non appena aprì la finestrella del portale, scavalcando il corpo ormai freddo del vecchio, un nauseabondo effluvio di morte lo assalì.

Reprimendo un moto di disgusto, si affacciò allo spiraglio e i suoi occhi si imbatterono in quelli neri del capitano Blackmore.

— Capitano — lo salutò O'Brien, chinando il capo ossequioso.

— O'Brien — rispose Blackmore, con un tono d'approvazione.

Il volto di O'Brien scomparve, mentre si accingeva a rimuovere le robuste tavole di legno che bloccavano il portale. L'orda avrebbe fatto il resto.

Poi, un grido ruppe il silenzio.

53

La resa di Privateer's Cove

Spinn percorreva stancamente le vie della città addormentata, incapace di prendere sonno. Lui e suo fratello erano legati a un'oscura profezia di sangue. E poi c'era la Clessidra, quell'oggetto misterioso che il Signore Oscuro cercava senza requie. Sarebbe mai riuscito a fermarlo?

Si accorse che, sovrappensiero, era giunto al maestoso portale d'ingresso. Si ricordò di quel vecchio bizzarro che stava di guardia e girò l'angolo. Poi si fermò, paralizzato.

Il suo sguardo seguì ansioso un rivolo di sangue, e Spinn non poté fare a meno di gridare quando vide il pover'uomo sgozzato.

In preda allo sgomento, si accorse di O'Brien che si affannava a togliere i fermi dalle porte.

Avrebbe voluto bloccarlo, ma non fece in tempo.

L'avrebbe ucciso a mani nude, se avesse potuto. Ma quando vide l'ultima tavola di legno cadere a terra, comprese che non c'era più nulla da fare.

Trascorsero lunghi attimi di silenzio. Poi il portale

si spalancò, come in un'esplosione, e una torma di uomini e Legionari Oscuri si riversò urlante dentro la città sotterranea.

Privateer's Cove era stata violata.

Spinn non attese oltre. Dopo due esitanti passi indietro, si mise a correre, il fiato rotto per la rabbia e la paura.

Gli abitanti della città, a quel trambusto, si erano destati e per un attimo nei loro occhi era passato uno sguardo smarrito. Ma avevano reagito subito, mano alle pistole e alle sciabole, e mentre alcuni avevano cominciato a sparare dall'alto al nemico, altri si riversavano per le strade scivolando lungo i tunnel scavati nel fianco della roccia.

— La città! È sotto attacco!

Spinn continuò a correre. Doveva avvisare O'Fire e gli altri.

Poi, da lontano, udì un grido.

— Il ragazzo! Cercatelo, e prendetelo!

Maledizione. Il Signore Oscuro lo aveva infine trovato, e adesso poteva raggiungere due obiettivi in un colpo solo: annientare Privateer's Cove e catturare il tassello mancante affinché si avverasse la profezia.

Spinn se l'aspettava. O'Fire, Goldmerry, Kook e Keepfit erano già armati fino ai denti.

— Dobbiamo combattere e resistere. Hai visto Skull?

— No.

— Dannazione! Chi altri ha assoldato quel pazzo, allora?

O'Fire si voltò verso Spinn e gli indicò una sciabola adagiata a terra. — Prendila, ragazzo. Ci sei di mezzo anche tu, stavolta.

Spinn annuì, orgoglioso. Finalmente era giunto il suo momento. Finalmente avrebbe potuto dimostrare a tutti il suo valore in battaglia.

Poi Keepfit gridò. — La città! È in fiamme!

— Muoviamoci, fratelli! Lanciamoci nella battaglia! — gridò Kook, e i pirati si diressero verso il cuore dello scontro.

— Facciamogliela pagare a quei maledetti!

Quando entrarono nelle vie della città, si trovarono davanti a uno spettacolo apocalittico. Le fiamme divoravano ogni cosa, senza pietà. E, circondati dalle fiamme, uomini e zombie combattevano gli uni contro gli altri.

— Dividiamoci! — gridò Keepfit. — Avanti! Massacriamoli tutti!

I cinque pirati si gettarono tra le fiamme, le sciabole strette fra le mani. Il crepitio del fuoco si fondeva con il clangore delle spade e i latrati dei Legionari Oscuri, in una sinfonia infernale carica di orrore.

Spinn trasse un respiro profondo. Poi, quieto, si disse: "All'arrembaggio, Spinn!" e si gettò nel vivo dello scontro.

I pirati della città si battevano con grande ardore, sfoderando i loro colpi migliori, abbattendo uno dopo l'altro gli zombie di quell'orda infinita.

Ma Spinn si accorse che non c'erano solo non-morti da affrontare. Un nutrito gruppo di uomini si batteva al fianco di quei mostri orribili. Fu contro uno di loro che Spinn rivolse il primo affondo, un colpo violento e inarrestabile, un fendente maestoso che andò a mozzare di netto il braccio del suo avversario.

L'uomo ferito lanciò un grido di dolore, mentre lasciava cadere la sciabola e si inginocchiava a terra.

Spinn gli trapassò il cuore.

Tre pirati nemici gli si scagliarono contro, cercando di colpirlo contemporaneamente. Ma Spinn schivò due colpi e parò il terzo, e un attimo dopo stava già uccidendo il più scoperto del trio.

— A voi, traditori! Non ci si schiera con il Signore Oscuro, non si combatte al fianco delle forze del Male — gridò, pieno d'ira. — Nessun vero pirata si lascia comandare! Nessuno!

Con un paio di colpi furiosi si sbarazzò dei suoi nemici, trafiggendoli.

Adesso sì che poteva andare incontro al suo obiettivo. Non si era dimenticato del vero traditore, no. L'aveva visto mentre spalancava il portale della città. Non poteva farla franca. Doveva pagare con la morte.

Mentre ampie volute di fumo si sollevavano dalle fiamme, lo individuò. Il cuore di Spinn sanguinò di dolore nel vedere O'Brien uccidere coloro che l'avevano accolto e salvato.

— Maledetto! O'Brien! È te che voglio!

O'Brien si voltò, con il suo ghigno beffardo dipinto sul volto.

— Non meriti di vivere — sibilò Spinn avanzando.

— Fatti sotto! — O'Brien si mise in guardia. — Non hai speranze contro di me.

— Lo vedremo.

I due si guardarono a lungo negli occhi, girandosi attorno, studiandosi attentamente. Soppesavano ogni respiro, ogni muscolo che si tendeva, ogni battito di ciglia, ogni goccia di sudore. Poi Spinn attaccò, e le spade cozzarono l'una contro l'altra.

— Parato, ragazzino! — rise O'Brien. — Para questo, adesso! — e si lanciò in un attacco micidiale, con tutta la forza di cui era capace.

Spinn sollevò la sciabola, d'istinto. Ma in una frazione di secondo cambiò movimento. Si ricordò delle parole di O'Fire, del punto *forte* della spada.

La sciabola di O'Brien colpì in pieno l'arma di Spinn.

Solo un forte clangore, e il braccio del ragazzo arretrò di qualche millimetro, assorbendo il colpo.

Spinn sorrise. — Parato.

Un moto di nervosismo turbò l'espressione di O'Brien. — Spedirti all'inferno sarà un vero piacere.

— Non ci riuscirai! — rispose Spinn, e si gettò nuovamente all'attacco.

I due cominciarono a sferrare colpi su colpi, in una danza di sciabole scintillanti.

— Perché ci hai traditi? — chiese Spinn, a un tratto.

— Per il Potere.

— Illuso! — gli gridò il ragazzo. Adesso, cominciava a essere stanco. I colpi non erano più così potenti e lui non riusciva più a muoversi con la sua solita agilità. O'Brien cominciò a guadagnare terreno, costringendolo ad arretrare.

— Stanco, ragazzino?

— Non sperarci!

— Peggio per te, allora.

Spinn aveva poco da fare lo spavaldo, e lo sapeva. Per quanto ancora avrebbe resistito? Perse la concentrazione, e in quell'attimo O'Brien lo colpì. Solo un graffio al braccio destro, una linea di sangue si dipinse sulla pelle del ragazzo, che ricacciò indietro una smorfia di dolore.

— Fa male, eh?

— Basta a tenermi sveglio — replicò Spinn stringendo i denti.

Spinn si lanciò in avanti, fendendo l'aria. In quell'istante le sorti del duello si rovesciarono. Sullo slancio dell'attacco, il traditore, furioso per l'insolenza del ragazzino, non si curò di tenere alta la guardia.

Spinn non si lasciò sfuggire l'occasione. O'Brien era completamente scoperto. Il giovane pirata puntò la spada in avanti, infilzando il traditore all'altezza dello stomaco. Rigirò lentamente la spada, mentre la bocca di O'Brien si riempiva di schiuma rossa. Era fatta.

Spinn estrasse la spada tinta di sangue, lasciando il suo avversario agonizzante a terra. Senza degnarlo di uno sguardo, si allontanò da lui e si diresse dove la battaglia infuriava, sbarazzandosi facilmente di due Legionari che cercarono di assalirlo.

La città era diventata un campo di battaglia, imbrattato di sangue rosso e violacco. Lo scontro era impari. I seguaci del Signore Oscuro sembravano infiniti, e continuavano a riversarsi all'interno di Privateer's Cove.

Le forze del Male guadagnavano terreno, si espandevano come la peste, avanzando metro dopo metro, disseminando il loro cammino di cadaveri.

Spinn era ferito e intorno a lui i nemici crescevano sempre più.

Si guardò in giro. I suoi compagni crollavano a terra senza vita, orrendamente feriti, squartati dalla furia cieca degli avversari.

La roccaforte della Fratellanza si stava lentamente sgretolando; le forze del Male, ormai esultanti, lanciavano grida disumane al cielo.

I pirati intanto arretravano, si nascondevano, si radunavano in piccoli gruppi, ormai quasi senza speranze.

Avevano innalzato delle barricate, da dietro le quali sparavano contro i nemici e tentavano di respingerne gli assalti.

Spinn fu lesto e agile a ripararsi. Ancora una volta, era rimasto isolato dal resto del gruppo, ritrovandosi invischiato nella battaglia.

Poi vide O'Fire seduto a terra con una gamba fasciata.

— O'Fire!

— Spinn! Grazie a Dio!

— Sei ferito!

— Sì.

Si guardarono per un attimo, in silenzio.

— È finita? — chiese Spinn.

O'Fire trasse un lungo sospiro. — Potrebbe esserlo. Dipende da noi.

Spinn si scosse. — Che cosa vuoi dire?

— Una speranza ci sarebbe... una speranza che poggia i suoi pilastri nella leggenda. Ma è solo un azzardo...

— Non importa, tentiamo — replicò Spinn.

— Ormai il portale è in mano al nemico.

— Non capisco, O'Fire.

Lo scozzese guardò verso l'alto. — La risposta è lì.

Spinn alzò lo sguardo alla volta della grotta.

— Non vedo nulla.

— Appunto. La nostra speranza giace nell'oscurità. Là dove l'occhio non può giungere, assopita da millenni, attende una creatura leggendaria.

— Davvero?

— Così dicono i miti.

— Dove si trova questo... questo animale?

— Si cela nell'abisso, nelle recondite profondità che si smarriscono sotto il ponte di corda. Là dorme il Sommo Karnar.

— Che cosa? — chiese Spinn, sgranando gli occhi. Allora si ricordò dello strano verso che aveva udito mentre attraversava il ponte.

— Il Sommo Karnar. Le leggende vogliono che sia un mostruoso serpente, il cui corpo cinge l'intero pianeta, adagiato negli abissi marini. Da innumerevoli millenni giace nella voragine sulla quale è sospeso il nostro ponte e sta lì, a guardia del Tempo, in attesa di qualcuno che lo risvegli.

— Stai scherzando.

— No, Spinn. Ed è davvero la nostra unica speranza.

Spinn annuì. — Che aspettiamo, allora? Anzi, che aspetta lui a venire fuori?

— Dobbiamo risvegliarlo.

— Come?

O'Fire infilò una mano nella tasca dei pantaloni e prese un fagotto. Lo poggiò a terra, con cautela, svolgendo lentamente il panno che lo ricopriva.

Infine, quando il panno fu srotolato, Spinn vide una piccola ampolla.

Aveva il collo oblungo e il vetro era venato di incisioni dorate. Conteneva un denso liquido rosso scuro.

— È sangue! — esclamò Spinn.

— È il *mio* sangue — precisò O'Fire. — Fin da bambino porto questa fiala con me, e questo è il sangue che mi scorreva nelle vene quando venni al mondo.

— Ma...

— Io e il Sommo Karnar siamo legati. Le profezie gravano su di te come su di me, a quanto pare, e il nostro sangue sembra avere qualcosa di magico. C'è un solo modo per far sì che il mostro venga in nostro soccorso. Dobbiamo versare il sangue nell'abisso.

— Come facciamo con i Legionari?

— Non resta che provare: devi passare in mezzo all'orda, raggiungere il ponte, versare il sangue e sperare.

Spinn stava per protestare, quando una voce sconosciuta, carica di malvagità, risuonò nell'aria.

Era Blackmore. Aveva rinfoderato la spada, e a quel gesto la Legione Oscura aveva sospeso l'attacco. Il capitano avanzò a grandi passi.

— Pirati della città sotterranea! Arrendetevi!

Subito cominciarono a piovere insulti e frasi di ostinazione e temerarietà.

— Guardatevi intorno. Siete circondati, e non potrete resistere ancora a lungo. La vostra sorte è segnata!

— Lo sappiamo! — gridò qualcuno.

— Sono venuto qui solo per offrirvi la salvezza — incalzò Blackmore.

Un mormorio sospettoso si alzò dalle file dei pirati assediati.

— Avete capito bene. La salvezza! Solo una cosa esigo.

O'Fire decise di alzarsi in piedi, nonostante la ferita alla gamba. E malgrado i suoi movimenti fossero lenti e faticosi, riuscì a raggiungere la cima di una barricata.

— Reggimi questa — disse a Spinn, passandogli l'ampolla con il sangue.

— Blackmore. Sei tornato dal mondo dei morti?

Blackmore sorrise. — Chi si vede! Mi sembrava strano che non ci fossimo ancora incontrati.

— Poche ciance. Che cosa vuoi?

Blackmore si fece serio. Aveva un braccio interamente fasciato da strisce di pelle, e un'espressione torva. — Voglio il ragazzo.

— Quale ragazzo? Non capisco di che cosa tu stia parlando.

— O'Fire, mi deludi. Credi che O'Brien non mi abbia detto tutto? So bene che avete scoperto qualcosa, so bene che siete consci della presenza del Signore Oscuro. E so anche che il ragazzo è con voi.

— Moriremo tutti, prima che tu possa mettergli le mani addosso.

— Non siate folli. Vi doniamo la libertà, e la vita, in cambio del ragazzo.

— Credi che ci fidiamo delle tue promesse?

Blackmore scoppiò a ridere. — Morti per morti, tanto vale provare, no?

— E sacrificare Spinn? No. Siamo pirati, ricordatelo.

Lo sguardo di Blackmore si fece torvo. — Se è questo che vuoi... — disse quasi sottovoce. Poi riprese a gridare: — E sia. Vi abbiamo offerto una possibilità, e voi avete scelto di morire! La vostra ora è giunta!

Stava per sfoderare la sciabola e dare così inizio all'attacco finale, quando qualcosa lo sorprese.

— Fermati.

Spinn era salito sulla barricata, al fianco di O'Fire, e si offriva spontaneamente ai nemici. — Va bene, verrò con voi.

Blackmore fu scosso dalla gioia. — Ma bene, Spinn!

Sono felice che ci sia qualcuno di ragionevole, tra questa marmaglia.

— Spinn, non farlo! — ringhiò O'Fire contro il ragazzo. — Se andrai con loro, il Signore Oscuro avrà il Potere Totale.

Spinn lo fissò negli occhi. Nel suo sguardo non c'era timore, né apprensione. Poi il piccolo pirata disse: — Fidati della leggenda, O'Fire.

Ridiscese la barricata, dirigendosi lento e a testa alta verso Blackmore, l'ampolla con il sangue stretta in pugno.

Quando fu a pochi passi da lui, si fermò. — Prometti di lasciarli vivere.

— Lo prometto — disse Blackmore sorridendo beffardo.

Spinn riprese a camminare. Non appena fu abbastanza vicino, Blackmore lo afferrò con forza per un braccio. — Sei condannato — gli disse.

Spinn non rispose, rimanendo impassibile.

Blackmore si voltò verso O'Fire. Ma non era più solo, sulla barricata. Ogni pirata adesso era lì, sul ciglio, in attesa.

Blackmore si levò il cappello. — Togliamo il disturbo! Seppellite i vostri morti... o ciò che resta di loro — esclamò sghignazzando.

La folla di Legionari si aprì in due ali al suo passaggio, richiudendosi subito dopo alle sue spalle.

In breve, Spinn e Blackmore non furono più visibili.

Sulle barricate, i pirati osservavano il nemico andarsene, lasciando dietro di sé una scia di distruzione.

Keepfit, Kook e Goldmerry erano al fianco di O'Fire.

— Non dovevi lasciarlo andare. Il mondo è perduto! — esclamò il cuoco.

— Spero di no. Dobbiamo avere fiducia nella leggenda, il ragazzo ha fegato.

Gli altri tre tacquero senza capire.

I pirati superstiti si accasciarono tristemente al suolo, gettando lontano spade e pistole. Si erano arresi.

Come Blackmore aveva detto, non gli restava altro da fare che seppellire i caduti.

Ma a quella vista la voce di O'Fire tornò tonante e imperiosa. — Pirati! Non crediate che sia finita qui! Riarmatevi, afferrate le sciabole, impugnate le pistole, e confidate nel dio della battaglia! Guardate quegli esseri, guardate i non-morti, e fissateveli bene in testa! Perché sappiate che entro stasera sarete impegnati a scrostare il loro sangue dalle vostre lame!

54

Karnar!

Spinn marciava al fianco di Blackmore. Il braccio destro del Signore Oscuro non diceva una sola parola, attento che il ragazzo non tentasse di fuggire o compisse gesti strani.

Subito dietro veniva la folta schiera di Legionari Oscuri, e il loro fetore cadaverico.

Spinn si voltò a guardare le macerie della città sotterranea. Buona parte di Privateer's Cove era stata divorata dal fuoco, alle rovine si alternavano innumerevoli cadaveri, e il terreno era cosparso di sangue.

Adesso il ragazzo non si sentiva più sicuro come pochi istanti prima. Forse, la storia di quel mostro era davvero una leggenda e nulla più.

Dentro i pantaloni logori teneva l'ampolla che gli aveva dato O'Fire, ricolma di sangue. Era sigillata da un tappo di sughero. Stapparla e rovesciarne il contenuto nell'abisso avrebbe richiesto un attimo soltanto.

Vide il portale spalancato, sempre più vicino, e i cadaveri sempre più numerosi. Varcarono la soglia e Spinn si ritrovò a tornare da dove era venuto. Uno spiazzo di roccia liscia, e il ponte di tavole e corde.

Si voltò un'ultima volta verso la città, ma venne subito ripreso da Blackmore.

— Muoviti! — gli gridò, sferrandogli un calcio.

Spinn evitò di reagire. Doveva stare attento alla preziosa fiala. Non poteva permettere che andasse in frantumi e che il sangue di O'Fire non raggiungesse il suo obiettivo.

Si limitò a lanciare un'occhiata torva al capitano, quindi poggiò un piede sulla passerella, poi l'altro. Affiancato da Blackmore, cominciò a percorrere il ponte, mentre il battito del cuore gli si faceva sempre più rapido. Metro dopo metro, la sponda di roccia opposta si faceva invece sempre più vicina.

Quale sarebbe stato il momento più adatto per versare il sangue, sperando che laggiù ci fosse davvero una creatura mitica a rispondere a quel richiamo?

Il ponte ondeggiava paurosamente, provato dalle migliaia di Legionari che marciavano.

Poi Spinn decise. Sarebbe arrivato a metà del percorso. E c'cra quasi.

A ogni passo, aveva come l'impressione che la boccetta stesse per scivolargli via o che il sangue si stesse già spargendo lungo il ponte.

Guardò verso il basso, dentro quell'abisso senza fondo che adesso sembrava chiamarlo.

Cominciò a respirare profondamente, come a prendere ritmo.

Si concentrò, escluse i rumori intorno a sé, scacciò la paura e si decise.

Fece qualche passo di corsa, lasciandosi alle spalle

Blackmore e i Legionari, stupiti. E mentre correva, estrasse dai pantaloni la boccetta, le cui venature dorate scintillarono nel buio.

Spinn tirò il tappo con i denti, ma quello non cedette!

Blackmore gli stava alle calcagna, seguito dall'esercito di Legionari.

Spinn non tentò di fuggire, ma concentrò tutti gli sforzi sull'ampolla di sangue, tentando disperatamente di aprirla. Blackmore gli fu subito addosso.

— Che fai, maledetto ragazzino? Consegnami quella fiala — gli gridò, torcendogli il braccio.

Spinn non desistette, e scalciando tentò in tutti i modi di liberarsi. Ma il capitano stringeva i denti, senza lasciargli via di fuga o allentare la presa.

Spinn tenne stretta l'ampolla per il lungo collo sottile, caricò il braccio indietro e quindi la fracassò contro la testa di Blackmore.

La boccetta andò in mille pezzi, frantumandosi in un nugolo di cristalli, mentre il sangue di O'Fire si librava nell'aria. E in quegli attimi infiniti, le gocce di sangue sembrarono arrestarsi in sospensione, finché non presero lentamente a cadere giù, dirette verso l'abisso.

Blackmore gridava come una furia mentre Spinn era immobile, in attesa. L'esercito di Legionari si faceva avanti.

Improvvisamente si sollevò una potente folata d'aria calda che arrestò gli assalitori, poi arrivò un cupo ruggito, che sembrava provenire dai più lontani recessi del tempo e che portava in sé un desiderio inesaudito da millenni.

Un altro ruggito, adesso pieno di rabbia e violenza, salì lungo la voragine di roccia e non si spense.

E poi fu lì, sprigionando una potenza irresistibile: una titanica serpe dalla testa di drago, le spire irte di creste affilate e venate di sangue, quattro corni sul muso e due lingue dorate che si intrecciavano sibilando.

Quello era il Karnar, il terribile mostro che giaceva dimenticato nelle profondità del mondo.

Con un solo assalto si abbatté sul fragile ponticello, spaccandolo in due.

Migliaia di Legionari precipitarono giù nell'abisso, ululando.

Spinn era stato lesto: si era aggrappato a una corda e adesso oscillava sospeso nel vuoto, diretto a gran velocità verso la parete di roccia. Il ragazzo assorbì l'impatto con intelligenza, puntando i piedi e piegando le ginocchia per attutire il colpo, evitando così di ferirsi.

Poi, ripresosi dal colpo, cominciò ad arrampicarsi lungo la fune e le tavole di legno, mentre i non-morti che ancora non erano saliti sul ponte adesso sostavano davanti al portale senza sapere che fare. Per la prima volta, nelle loro menti primitive si affacciava il terrore puro.

Il Karnar si abbatteva come una furia sui Legionari superstiti, maciullandoli con le sue fauci gigantesche; ne prendeva decine alle volta, inghiottendoli o scagliandoli nel vuoto.

La Legione Oscura era allo sbando. Terrorizzata, si riversò indietro, verso la semidistrutta Privateer's Cove, in cerca di scampo. Non c'era modo di arrestare quella bestia. Le sue infinite spire si srotolavano, e con un assalto micidiale si lanciò all'interno del portale.

Come una tempesta devastatrice, avanzava imperterrita, distruggendo tutto ciò che gli capitava a tiro, travolgendo e schiacciando i Legionari in fuga.

Nel frattempo, O'Fire si ergeva sulla barricata, mentre i suoi occhi si accendevano di un rinnovato spirito guerriero.

Con un grido sguainò la sciabola.

— Pirati! Abitanti di Privateer's Cove! La leggenda è con noi! Andiamo, uomini!

Unendosi in un grido maestoso e terrificante, centinaia di pirati si slanciarono verso la battaglia mentre i Legionari, in fuga dal mostro, correvano loro incontro. E quando quelle dannate creature furono abbastanza vicine, O'Fire brandì la sua sciabola con forza, e la terra si macchiò di altro sangue violaceo.

Spinn continuava la scalata, mentre alle sue spalle le spire del drago non smettevano di contorcersi.

Mancavano solo pochi metri. Una volta giunto in cima, avrebbe potuto tornare in città a dare man forte ai suoi compagni pirati.

Poi sentì la corda sussultare sotto le sue mani. Guardò verso il basso e vide Blackmore che si stava arrampicando velocemente.

— Non mi sfuggirai, maledetto! — gridò il capitano.

— Lo vedremo — gli rispose Spinn di rimando, e moltiplicò i suoi sforzi.

Blackmore ormai era vicinissimo. Fu addirittura sul punto di avvinghiare una gamba di Spinn, ma il ragazzino si divincolò con abilità.

Strisciò verso l'alto ancora per qualche metro, poi si issò lungo il cornicione di roccia. Prima una mano, poi l'altra, si tirò su. Infine si alzò in piedi.

Uno spettacolo formidabile si parava davanti ai suoi occhi. Il portale era quasi interamente occluso dalla massa gigantesca della serpe vendicatrice, e centinaia di cadaveri di Legionari giacevano sotto il suo peso, senza vita.

Spinn si mise a correre, proprio mentre anche Blackmore si issava in salvo, e schivando i colpi delle spire del Karnar riuscì finalmente a rientrare nella città.

Vide O'Fire passargli accanto, come un lampo, mentre si gettava con una furia sterminatrice sui Legionari. Poi Spinn strappò una sciabola dalle mani di un morto e cominciò a mietere vittime, sferrando colpi con tutta l'energia di cui era capace, fin quasi alla disperazione.

Intanto il Karnar infuriava sui morti viventi, scempiandone i corpi putrefatti e scagliandoli dietro di sé, senza toccare i pirati.

I bucanieri erano a un passo dalla vittoria, l'esercito nemico in rotta, annientato da quell'inaspettato e incredibile prodigio.

D'un tratto, però, i non-morti – che ormai sembravano sconfitti – come spinti da una forza invisibile, tornarono indietro in un assalto folle, contro i pirati. Dietro di loro, a suon di fendenti, si faceva strada Blackmore, impugnando una spada, un braccio completamente fasciato da cingoli di pelle.

Spinn non impiegò molto a rendersi conto che proprio quel braccio infliggeva i colpi più potenti e letali.

— Ragazzo! È te che voglio! — lo chiamò Blackmore.

Spinn si guardò attorno. I pirati erano tutti impegnati a respingere l'assalto degli zombie.

— E mi avrai! Assaggerai il freddo metallo della mia spada!

Blackmore fece un balzo in avanti, puntando la sciabola contro di lui.

— Questo non è un gioco, sciocco. Il Signore Oscuro ti reclama!

I duellanti si lanciarono l'uno contro l'altro, incrociando le lame.

Seguì un rapidissimo scambio di colpi, senza un attimo di respiro.

Spinn respingeva ogni affondo, ma nessuno dei duellanti cedeva di un millimetro. Non era lo stesso che combattere con O'Brien. Blackmore sembrava parare ogni fendente con facilità, quasi senza muoversi. E riusciva a mettere in difficoltà Spinn, costretto a saltare da una parte all'altra per evitare i suoi colpi.

Spinn strinse i denti. Sapeva che Blackmore era più forte, ma non si sarebbe mai tirato indietro, non avrebbe mai lasciato che le forze del Male trionfassero.

Le scariche di colpi si susseguivano le une alle altre, velocissime, ma nessuno dei due riusciva nemmeno a scalfire l'altro.

Poi Spinn, preso da un impeto d'ira, attaccò a testa bassa, senza tenere la guardia. E Blackmore, sconcertato, non seppe come rispondere a quella carica. D'istinto, riuscì solo a gettarsi di lato, mentre la sciabola gli passava a pochi millimetri dal torace. Spinn affondò ancora con veemenza verso Blackmore, trovatosi con le spalle contro una porta, ma questi fu abile nello schivare il colpo. Fu l'attimo che ruppe l'equilibrio dell'incontro. La spada di Spinn si conficcò nel legno, e il ragazzo non fece in tempo a estrarla che Blackmore già si stava avventando su di lui per mozzargli un braccio.

Spinn saltò indietro e si guardò attorno: nemmeno un'arma in vista.

Poi si tuffò attraverso i vetri di una casupola, seguito da Blackmore, e rotolò di lato, avvicinandosi a un tavolo. Rapido come un fulmine, agguantò un pugnale posato accanto a una forma di pane, e con quello si dileguò verso la porta sul retro, con Blackmore sempre alle calcagna.

Correva come un forsennato, quando si ricordò delle scalinate che si intrecciavano nella grotta. Raggiunse la parete di roccia a ovest e cominciò a salire, sempre di corsa, mentre Blackmore faceva stridere la punta della sciabola contro la roccia scura.

— Fermati! È finita, maledetto! — gridò a Spinn.

Ma il ragazzo continuò a salire, e salire e salire ancora, e decine di metri cominciavano a frapporsi fra lui e le case giù in basso. Non c'erano corrimano lungo le scalinate, e a ogni passo Spinn rischiava di cadere nel vuoto.

— Affronta il tuo destino. Non riuscirai a fuggire per sempre! — gli gridò il suo avversario.

E allora nella mente di Spinn scattò qualcosa. No, aveva ragione Blackmore. Non poteva scappare per sempre. Per quanto avrebbe corso, il destino gli sarebbe sempre stato alle calcagna, come un mastino rabbioso. E il destino, ora, si chiamava Blackmore.

Spinn si voltò. Stringeva il pugnale, negli occhi uno sguardo carico di determinazione. — Fatti sotto, capitano!

Blackmore mulinò la sciabola nell'aria, cercando di colpire Spinn, praticamente disarmato.

Mentre schivava l'ennesimo colpo del nemico, il ragazzo guardò verso il basso e vide la sua sciabola infissa contro la porta. Fece qualche passo indietro, e Blackmore lo seguì avanzando.

Solo allora Spinn si accorse del silenzio irreale che li circondava. La battaglia era ormai finita, le strade erano lastricate di cadaveri di Legionari.

I pirati avevano vinto.

Il Karnar si stava ritirando, avvolgendosi lentamente.

Adesso toccava a lui vincere la *sua* battaglia.

Beffardo, sorrise al suo avversario. — Sei nel posto giusto al momento giusto — gli disse.

— Non si può dire lo stesso di te — rispose Blackmore, gettandosi ancora una volta contro di lui.

Spinn schivò il colpo agilmente, poi, mentre Blackmore preparava il nuovo assalto, gli lanciò il pugnale contro. L'arma penetrò nel braccio fasciato da cingoli, lacerando le strisce di cuoio.

Una nuvola di miasmi neri si liberò dallo squarcio con un sibilo, crebbe e si espanse fino alla volta oscura della grotta.

Blackmore guardò orripilato. Il suo braccio si stava come sgonfiando, gli spiriti oscuri che giacevano intrappolati in quel fascio di cuoio si riversavano ora all'esterno.

— No! Nooo! — gridò Blackmore, lanciando via la sciabola e accasciandosi sugli scalini. Fece come per stringere il braccio che svaniva, ma sotto le sue dita sentì solo un misero cumulo di strisce di pelle.

Disperato, indietreggiò, incalzato dalla nuvolaglia di spiriti maligni che lo osservava dall'alto.

Ma fece un passo di troppo.

Quando sentì gli scalini mancargli sotto i piedi, era troppo tardi. Fu un attimo. Precipitò per una ventina di metri, e finì per cadere proprio sulla sciabola di Spinn, ancora conficcata nella porta. Incontrando la lama affilata, il suo corpo venne troncato di netto a metà, il busto da una parte, le gambe dall'altra.

Sul suo volto, nell'attimo della morte, si era come pietrificata un'espressione di attonito terrore.

La battaglia era vinta, le Forze del Male erano state sconfitte.

Privateer's Cove era salva.

Spinn ce l'aveva fatta.

55

Spire

Non appena Spinn ridiscese, i pirati l'accolsero festanti per portarlo in trionfo e congratularsi con lui.

Aveva affrontato e sconfitto il suo nemico, ce l'aveva fatta.

Spinn si guardò. Solo adesso si rendeva conto di quante ferite avesse sparse per il corpo, e di quanto fosse intriso di sangue.

Poi, senza sapere come, si ritrovò tra le braccia di O'Fire, Keepfit, Goldmerry e Kook, che lo stringevano gioiosi.

— Ce l'hai fatta! Sei salvo! — gridò lo scozzese, con gli occhi che luccicavano.

— Avremmo voluto venire in tuo aiuto... Ma O'Fire diceva che quello era il tuo duello, tuo e di nessun altro! — esclamò Kook.

Spinn non sapeva che dire. Era come se tutto gli girasse intorno, e che per questo non riuscisse a percepire quello che aveva fatto, la gente che lo acclamava, che lo abbracciava, che gli dava pacche sulle spalle.

E tutte quelle grida e quei canti di vittoria gli rimbombavano vuoti dentro la testa, come un indistinto brusio di fondo.

Desiderava solo abbandonarsi su qualsiasi cosa somigliasse a un letto, si sarebbe addormentato persino su un sudicio paglericcio come quello delle prigioni inglesi.

Barcollò, esausto, e proprio mentre stava per crollare a terra, O'Fire lo afferrò saldamente.

— Su, su! — lo esortò. — Resisti ancora un po', giusto il tempo di curarti le ferite.

Spinn annuì, come inebetito, e sorrise frastornato. Davvero non capiva più niente. Lasciò scorrere lo sguardo intorno a sé, e vide centinaia di persone. Keepfit, Goldmerry, Kook, tavernieri, pirati, Blackmore tranciato dalla sciabola...

Si riscosse.

Sì, era vero allora. Tutto vero. Blackmore era morto, infine. E giaceva lì, insozzato dal fango e dal sangue violaceo dei Legionari Oscuri.

Si avvicinò ai due tronconi del cadavere, a passi lenti. Osservò gli occhi stravolti e terrorizzati del capitano, mentre un vago moto di compassione si impadroniva di lui. Scorse con lo sguardo le membra inanimate del defunto avversario, le due estremità separate dalla sua sciabola ancora conficcata nella porta, e ancora sanguinante.

Poi gli sembrò di vedere qualcosa di strano, proprio alle estremità di quei due pezzi. Scosse la testa con forza, pensando a un'allucinazione. Poi guardò meglio, e quella cosa era ancora lì, percorsa da impercettibili fremiti.

— Guardate! — gridò un pirata.

Stava accadendo veramente. Le membra di Blackmore cominciarono a vibrare, a scuotersi, dimenandosi a terra come impazzite.

Tra il sommo stupore dei pirati, dalle due estremità troncate cominciarono a dipanarsi centinaia e centinaia di sottili serpentelli neri, da una parte e dall'altra, con lingue scure e denti affilati che pulsavano veleno.

Come dando vita a una danza infernale, le orribili bestie si intrecciarono le une con le altre, fino a ricostituire il corpo di Blackmore.

Poi, con un lampo, il corpo si polverizzò all'istante, lasciando tutti a bocca aperta.

Per lunghi attimi i pirati rimasero impietriti. Poi O'Fire gridò: — Spinn!

Il ragazzo era svenuto.

Spinn si risvegliò in un comodo letto. Non era la prima volta. Sorrise di se stesso. La testa gli girava come una trottola. O'Fire, coi gomiti puntati contro il tavolo, si teneva la testa tra le mani.

Ma non appena vide che Spinn aveva ripreso conoscenza, un sorriso gli si allargò sul viso arso dal sole e dalla salsedine.

— Ben svegliato.

— Grazie... Ma che è successo?

— "Strani eventi scuotono il mondo..." diceva qualcuno. Be', la fine di Blackmore è solo l'ultimo di questi strani eventi.

— Ah, bene...

— Lo so, Spinn. È dura da accettare, ma sapevamo

che la nostra missione non era finita. Nessuno si riposa, qui a Privateer's Cove. Centinaia di pirati si stanno dando da fare per rimettere in sesto la città, e stiamo allestendo una flotta di cinque navi per andare all'assalto del Signore Oscuro.

Spinn sussultò. Ma adesso, per lo meno, non sarebbe stato così tracotante, dopo la batosta inflittagli dai coraggiosi pirati.

— Devi rimetterti in forze, Spinn. E subito.

Spinn annuì, mentre ripercorreva con la mente le fasi di quella cruenta battaglia.

— E il Karnar? Che fine ha fatto?

O'Fire sollevò le spalle. — E chi lo sa. Si è rituffato nell'abisso, non credere che il Nero sia l'essere più potente sulla Terra. Nascoste da qualche parte, ci sono creature molto più potenti e antiche, incuranti delle vicende degli umani.

— Davvero?

— Sì. Questa è la nostra battaglia, e soprattutto la tua.

Spinn sorrise. Ce l'avrebbero fatta.

O'Fire si alzò e uscì dalla stanza.

Sì, aveva ragione, il forte scozzese. Avevano vinto solo una battaglia, la guerra era ancora lunga. Pensò a tutto quello che ancora lo separava da suo fratello.

Avrebbe fatto meglio a prepararsi, il Signore Oscuro. Spinn stava arrivando.

Ira

Le schiere di Legionari Oscuri non avevano il coraggio di alzare lo sguardo.

Davanti a loro, Gobbo il Profeta cercava di contenere l'ira irrefrenabile del Nero.

— Maledizione! Ha fallito, quell'inetto! Blackmore ha fallito!

— Non preoccuparti, Padrone. Avremo ancora tante occasioni. Le nostre torme di dannati hanno il mondo in pugno. Corsaired marcia su un tappeto di morti e beve sangue dai crani dei più grandi e potenti sovrani. Non hai ragione di essere furioso.

— Taci, Gobbo! Si è lasciato sconfiggere da un ragazzino! Non doveva fare altro che catturarlo e portarmelo qui, e io avrei potuto ridurlo in catene fino al giorno fatale.

Il Nero tremava di rabbia. Sospirò, sconsolato. — Che cosa mi consigli, Gobbo?

Gobbo ghignò soddisfatto tra sé e sé. Poi si rivolse al suo Padrone.

— Attendi, Signore Oscuro, e continua nella ricer-

ca della Clessidra. Solo con essa potrai giungere al Potere.

— E Spinn?

— Non devi preoccuparti di lui. Ricordati, l'Odio è l'arma più forte. L'Odio fa battere i cuori, l'Odio annega il mondo nel sangue, l'Odio è la scala buia verso il Potere. E qui, in questa rocca, in qualche sala nuda e spoglia, pulsa un giovane cuore, un cuore che tra poco si gonfierà di rabbia e verserà sangue nero, quando saprà dell'atroce morte del padre...

Il Nero si scosse.

Gobbo sorrise, malefico. — Lo alleveremo, giorno per giorno, e nella sua testa crescerà un solo obiettivo. Quando si scontrerà con Spinn, per quel piccolo pirata non ci sarà via di scampo. Fai allestire una grande nave, prepara nuovi Legionari, scegli i migliori. E al comando metti lui, appena sarà pronto.

Il Nero sorrise, gli occhi carichi di perversa fiducia. Pensò ai Legionari, alle terre distrutte e desolate, al mare nero infettato dal sangue di crudeli battaglie.

E poi pensò alla Clessidra e alla sua sabbia che scorreva in eterno, dalle profondità di millenni perduti e dimenticati.

Avrebbe fatto meglio a prepararsi, Spinn.

Il Nero lo stava aspettando.

Indice

I GRANDI

Rafael Ábalos
Grimpow - Il sentiero invisibile

Jay Amory
La guerra degli Alati - Spia nel mondo di sotto

Artur Balder
Idruk e il tesoro dell'Ordine

Pierdomenico Baccalario - Enzo D'Alò - Gaston Kaboré
Il principe della città di sabbia

Blue Balliett
Il codice Wright

Luc Besson
Arthur e il popolo dei Minimei
Edizione speciale con le immagini del film
Arthur e il popolo dei Minimei
Arthur e la città proibita
Arthur e la vendetta di Maltazard
Arthur e la guerra dei due mondi

Holly Black
La fata delle Tenebre
Le fate sotto la città

Holly Black - Tony DiTerlizzi
Le Cronache di Spiderwick

Pseudonymus Bosch
Il titolo di questo libro è segreto

Pierre Bottero
Ewilan dei due mondi - La terra oltre il confine
Ewilan dei due mondi - Le frontiere di ghiaccio

Cristina Brambilla
La chiave dell'alchimista

Herbie Brennan
La guerra degli Elfi
La guerra degli Elfi - Il nuovo re
La guerra degli Elfi - Il Regno in pericolo
La guerra degli Elfi - Il destino del Regno

Cassandra Clare
Shadowhunters - Città di ossa

Eoin Colfer
Artemis Fowl
Artemis Fowl - L'incidente artico
Artemis Fowl - Il codice Eternity
Artemis Fowl - L'inganno di Opal
Artemis Fowl - La colonia perduta
I Predatori Blu
Alf Moon detective privato

Susan Cooper
Il risveglio delle tenebre

Charlie Fletcher
Cuore di pietra
Mano di ferro

Mariah Fredericks
La carta ha detto: amore
La carta ha detto: successo

Cornelia Funke
Cuore d'inchiostro
Veleno d'inchiostro
Alba d'inchiostro

Neil Gaiman
Stardust
Il cimitero senza lapidi e altre storie nere

Anna Godbersen
The Luxe - Il ballo degli inganni

Roderick Gordon - Brian Williams
Tunnel

Suresh e Jyoti Guptara
I Regni di Calaspia - La cospirazione

Robert J. Harris
Leonardo e la macchina infernale

Lucy & Stephen Hawking
La chiave segreta per l'universo

Lian Hearn
La leggenda di Otori - La trilogia completa

Carl Hiaasen
Tutto scorre...

Anthony Horowitz
Alex Rider. Stormbreaker

Giulio Leoni
La Compagnia dei Serpenti - Il deserto degli spettri
La Compagnia dei Serpenti - Il sepolcro di Gengis Khan

C.S. Lewis
Le Cronache di Narnia - Il leone, la strega e l'armadio
Le Cronache di Narnia - volume primo
Le Cronache di Narnia - volume secondo
Le Cronache di Narnia - volume terzo
Le Cronache di Narnia - Edizione in volume unico
Le Cronache di Narnia - Il Principe Caspian

Dean Lorey
Il portale degli incubi

Sergej Luk'janenko
I Guardiani del Giorno
I Guardiani del Crepuscolo
Gli ultimi Guardiani

Valerio Massimo Manfredi
Il romanzo di Alessandro

Carlo A. Martigli
Lucius e il diamante perduto

I GRANDI

Matteo Mazzuca
L'ultimo pirata - La Clessidra del Potere

Geraldine McCaughrean
Peter Pan e la sfida al Pirata Rosso

Christine Morton-Shaw
L'Enigma di Epsilon

Jan Page
Selina Penaluna

Katherine Paterson
Un ponte per Terabithia

Michelle Paver
Cronache dell'Era Oscura - Il ritorno del lupo
Cronache dell'Era Oscura - Sulle tracce del lupo
Cronache dell'Era Oscura - Il coraggio del lupo

Terry Pratchett
Un cappello pieno di stelle
La corona di ghiaccio

Philip Reeve
Freya delle Lande di Ghiaccio
Art Mumby e i pirati dell'Eternave

E. E. Richardson
13 passi alla porta del diavolo

Justin Richards
Il cacciatore di ossa

Mark Robson
La spia di Shandar
L'assassino di Shandar

Michael Scott
I segreti di Nicholas Flame, l'immortale - L'Alchimista

Brian Selznick
La straordinaria invenzione di Hugo Cabret

Alan Snow
Arrivano i Mostri!

Justin Somper
Vampirates - I demoni dell'oceano
Vampirates - Marea di terrore
Vampirates - Capitan Sangue

Jerry Spinelli
Per sempre Stargirl

Sean Stewart - Jordan Weisman
Il diario di Cathy

Trenton Lee Stewart
La misteriosa Accademia per Giovani Geni

Licia Troisi
Cronache del Mondo Emerso - La trilogia completa
Le Guerre del Mondo Emerso - La setta degli Assassini
Le Guerre del Mondo Emerso - Le due guerriere
Le Guerre del Mondo Emerso - Un nuovo regno

Mark Walden
High School Criminal

Jeanette Winterson
Argenta nel tornado del tempo

Florida
Isole
Baham
La Havana
Cuba
S. Jago
Giamaica
Porto Reale
Golfo
delle Hondures
Mar dei Caraibi
Cartagena
Porto Belo
Golfo
di Panama
Oceano Pacifico